アポリア

APORIA

——あしたの風——

いとうみく

童心社

アポリア【ギリシャ aporia】
〔「道がないこと」の意〕

問題を解こうとする過程で、出会う難関。難問。哲学では、同じ問いに対して二つの合理的に成り立つ、相反する答えに直面すること。論理的難点。(『大辞林』第三版)

アポリア——あしたの風——

YAMAHA

1

くえっ、かっ、くえっ、くえっ
奇妙《きみょう》な鳴き声に顔を上げると、となりの屋根の上にカラスが一羽、とまっていた。

へたくそだなとつぶやいて、一弥《いちや》はパソコンの画面に視線をもどした。

数学の公式がずらずら並《なら》んでいる。

ちっ、手元のプリントに適当《てきとう》な数字を並べて、シャーペンを机の上に放り投げる。

ひとつため息をついて、にぎりめしにかぶりつく。もう一口食べると、やっぱりシャケが出てきた。

――おかあさんのシャケおにぎりが、いっちばん好き！

保育園の遠足の帰り道、かあさんにいった。それ以来、かあさんのつくるにぎりめしは、決まってシャケだ。

「食いものの好みなんて変わるっての」

そうつぶやきながらも、やっぱりうまいと思ってしまう。そんな自分に気づいて舌を打つ。

二つ目に手を伸《の》ばして、机の上にある数学のプリントを眺《なが》める。

こんなの、マジにやることないんだ。

学校へは行かない。

一弥がそう決めて、もうすぐ三ヶ月になる。世間一般《せけんいっぱん》でいうところの不登校で引きこもりだ。自室からも、トイレと風呂《ふろ》のとき以外はほとんど出ていない。

最初はしつこく理由を問いただし、とにかく学校へ行けといっていた母親の志穂《しほ》も、最近はなにもいわない。

学校からは、課題のプリントをこなし、毎週それを提出《ていしゅつ》すれば三年に進級させるといわれている。けれど、三年になっても学校に行くつもりなどない。

ただ、母親にガミガミいわれるのは面倒《めんどう》だし、なにより、叔父《おじ》の健介《けんすけ》がいちいち様子を見にやってくるのが、うっとうしかった。

健介は、志穂の四つ年上の兄だ。母ひとり子ひとりの妹親子のことを昔から気にかけている。

一弥が保育園のときも、小学生のときも、運動会には仕事を休んで健介はやってきた。親子競技では、まわりのどの父親よりも意気ごんで、一弥と一緒《いっしょ》にグラウンドを駆《か》けまわった。

物心つく頃にはもう父親のいなかった一弥《いちや》にとって、健介《けんすけ》は父親のような存在《そんざい》でもあった。

自転車の補助輪《ほじょりん》を外してくれたのも、キャッチボールをしてくれたのも、海で泳ぎを教えてくれたのも健介だ。

優《やさ》しくて、楽しくて、たくましい大好きなおじさん。

肩車《かたぐるま》をしてもらうのが好きだった。膝《ひざ》の上に座って、酒のつまみを口に入れてもらうのが好きだった。バイクのうしろにのせてもらうのも、好きだった。

だけどいつの頃からか、大好きなはずの健介を一弥はさけるようになった。

理由は、自分でもわからなかった。

ただ、健介と目が合うと顔を伏《ふ》せてしまう。視線をそらし、言葉を濁《にご》してしまう。

子どもの頃と同じようにちょっかいを出して、楽し気に話しかけてくる叔父《おじ》をうっとうしく思う。

「ひさしぶりに釣りにでも行くか」と誘《さそ》われたときも、「行かない」と即答《そくとう》した。

叔父のとまどったような不安気な顔を見たとき、心が笑った。

そんな自分に気づいて、どきりとした。

どんどん自分がいやな人間になっていく。

母に対してもそうだった。どうでもいいようなひと言につっかかり、言葉にトゲをさして投げつける。傷《きず》つけるとわかっていて、母の生きかたを非難《ひなん》し否定し、自分を正当化した。ひとつ言葉にすると、あとは体の奥《おく》から湧《わ》き上がってきた感情をおさえきれず、ののしり、罵倒《ばとう》した。そしてあとになって後悔《こうかい》をする。

けれど、志穂《しほ》が健介のような表情になることはなかった。怒鳴《どな》り返すことはあっても、しばらくするとまたなんでもないような顔をして、平気で小言をいう。

だから、母には平気でぶつけることができた。自分でもわからない苛立《いらだ》ちを、投げつけた。

トゥルルル　トゥルルル
階下から電話の音が聞こえてきた。時計は十二時半をさしている。またおじさんだなと思って、一弥はベッドの上に寝転がった。

「もしもし、にいさん？　――そう、早退したの。担任の先生と面談があるから。もう二月でしょ。――え、今どこ？　山梨《やまなし》？　個展の打ち合わせか。――ううん、あたしだけでだいじょうぶよ。――わかってる。また連絡するから。じゃあね」

(にいさんってば、心配性なんだから)

受話器を置いて、志穂《しほ》はふっと正面にかけてある鏡《かがみ》を見た。

兄の健介《けんすけ》は、一弥《いちや》が部屋にこもるようになってから、毎日必ずこの時間に電話をかけてくる。別になにをいうわけでもない。ただ「昼飯食ったか」とひと言いうだけだ。電話に出ないと、バイクを飛ばして十分後には家までやって来る。だから一弥はしぶしぶにでも部屋から出て、電話を受ける。

毎日電話してくれなくてもだいじょうぶよ。そういう志穂に、「おれがしたいんだよ」と、健介は笑う。

健介は四十を過ぎて独《ひと》り者だ。そこそこ売れているイラストレーターで、そこそこの収《しゅう》入《にゅう》もあり、人あたりもいい。女性にモテない、というわけではなかった。志穂が知っている限りでも、結婚を考えて健介と付き合っていた女性は二人いた。ただ、二人とも、なかなか結婚にふみきらない健介に見切りをつけて去っていった。

「結婚すればいいのに」。志穂がいうと、「うるせーな」と、照《て》れたように笑い、一弥をくすぐる。

兄が結婚をしないのは、たぶん、自分のせいだ。

幼《おさな》い頃に両親を亡《な》くして親戚《しんせき》の家で育ったせいか、志穂は人に頼《たよ》るのも、面倒《めんどう》をかけるのも、甘《あま》えるのも苦手だ。なんでもひとりで決めて、やってきた。けれど、兄にだけはちがっていた。心のどこかで甘えていたし、頼《たよ》ってもいた。

このままじゃいけない。

兄には、幸せになってもらいたい。

一弥が中学生になり、これから少しは安心してもらえると思っていた。それなのに……。

「学校へは行かない」

一弥がそういいだしたのは、突然《とつぜん》だった。志穂はしばらくの間、一弥が口にしたことの意味を理解できなかった。

とりたてて勉強ができるほうではないけれど、けっして落ちこぼれているわけではない。友だちも多く、これまで学校に行きたくないといったことなど、一度もなかった。毎日、学校から帰ってくると遊びに行き、夕方遅《おそ》くまで外で走りまわっていた。冬でもおでこに汗《あせ》を浮かべて、太陽と土ぼこりの匂《にお》いのする子どもだった。

中学生になって始めた部活のサッカーもがんばっていた。部員のほとんどは小学生の頃から地元のサッカーチームに入っていて、初心者の一弥《いちや》はベンチにすら入れなかった。それでも二年生になってからは、レギュラーになり、夏にはキャプテンにも指名されて、毎日の朝練も夕練も、きついきついといいながらも楽しそうだった。

そんな一弥が学校へ行きたくないという理由など、志穂《しほ》にはまったく思いあたらなかった。

動揺《どうよう》した。動揺して、なにがあったのだとくり返しくり返し問いただした。なにもいわないことに苛立《いらだ》ち、一弥の腕《うで》をつかんで、学校へ行けといった。

夫などいなくても、父親などいなくとも、立派に育ててみせる、育てているのだと自負《じふ》していた。中一の終わり頃から、不機嫌《ふきげん》なことが多くなり、口答えをし、生意気《なまいき》なことをいうようになった息子に手を焼きながらも、反抗期《はんこうき》なのだろうと受け流してきた。一弥の態度《たいど》にいちいちうろたえ、動揺している健介《けんすけ》に、「ホルモンのバランスが悪いのよね、あの子」と、笑ってみせるゆとりもあった。

保育園の調理員の仕事と子育て、どちらも手を抜《ぬ》かずにやってきたつもりだった。できる限りの愛情をそそいできたつもりだった。

けれど、学校へ行かないというひと言で、母親としての自信が、揺《ゆ》らいだ。

小学生の頃であれば、無理にでも部屋から連れ出し、車に乗せ、学校まで引っ張って行っただろう。けれど、もう自分より背《せ》の高くなった息子を、力ずくでいい聞かせることなどできなかった。

途方《とほう》に暮れた。

自分はけっして常識《じょうしき》に縛《しば》られる人間ではないと思っていた。でも、わが子が学校へ行かないといったとき、真っ先に思い浮かんだのは、ドロップアウトという言葉だった。

「今はそっとしておいてやんないか？」

そういったのは、いつもオロオロしていた健介だった。

「一年や二年、他より遅《おそ》くなったっていいじゃないか」

「そんな」

「無理して家から出したって、解決しないんじゃないか？　そもそも理由もいわないんだろ、行かないっていうさ」

「……」

「あいつの気のすむまで、したいようにさせてやろうぜ」

「人のことだと思って」

健介《けんすけ》は、ははははと軽く笑って、志穂《しほ》の肩《かた》をポンとたたいた。

「だいじょうぶだよ、一弥《いちや》は。おれはそう思うよ」

「無責任《むせきにん》なんだから」

そんなふうにいいながら、ほんの少し、心が軽くなっていた。

仕事の合間をぬって、何度も学校へ行き、担任《たんにん》や校長と話し合った。

いじめがあったのではないかと問うと、それはないと担任ははっきりと否定《ひてい》した。それならなぜ？　結局、学校側にも一弥が不登校になった理由はわからず、当面は無理をせず、様子を見ようということになったのだ。

志穂は、毎週学校からプリントをもらい、それを提出《ていしゅつ》させるという約束をした。

あれから三ヶ月が過ぎた。

三年に上がる前に今後のことを話し合いたいと、学校から連絡を受けて、今日の午後、二者面談を行うことになっている。

洗面所へ行き、桜色のグロスを唇《くちびる》にあてて鏡を見た。

カタカタ
風呂場《ふろば》の戸が音を立てる。

カタカタ

ガタガタ、ガタガタ

窓が音を立てた。

風、か……?

一弥がベッドから立ち上がろうとした瞬間《しゅんかん》、ゴオオオと轟音《ごうおん》がして、ドンッと突《つ》き上げられた。

ゴオオオオ

揺《ゆ》れが強く、大きくなる。

地震!!

でかい。

体を伏《ふ》せたまま、ベッドの足にしがみつく。

揺れが激《はげ》しくなる。

長い。

目の前に、たたきつけるようにして雑誌《ざっし》や教科書が散《ち》らばる。コードにつながったパソコンが机の端《はし》で大きく揺《ゆ》れ、落ちる。本棚が倒《たお》れる。窓ガラスの割れる音が響《ひび》く。

頭をかかえ、体を丸める。背中《せなか》に激痛《げきつう》が走る。

ガシャン！

バキバキ！

激《はげ》しい音が、あちこちで鳴る。

窓の外で電線がムチのようにしなり、暴《あば》れる。

「一弥《いちや》！」

階下から聞こえた志穂《しほ》の声が、悲鳴《ひめい》に変わる。

ゴゴゴゴゴゴ
「かあさん！」

ベッドがずずっと動く。

バリバリッ！

頭上からなにかが降ってくる。

バキバキと足元で音が響き、ベッドと一緒《いっしょ》に体が壁《かべ》にたたきつけられる。

ガクン！

一瞬《いっしゅん》、体が宙《ちゅう》に浮いた。


――――。


うっ。

暗い。暗くて狭《せま》い。シンとした中に、キシキシときしむような音だけが耳をつく。

もたげた頭を強く打つ。

一弥はいったい今、自分がどこにいるのかわからなかった。

わずかな隙間《すきま》の中で腹這《ば》いのまま、そっと体を動かした。背中が痛《いた》みはしたが、腕《うで》も足も動かせる。

一体、なにがどうなったんだ。

激しい揺れ、そうだ、地震、地震だ。

顔を動かすと、すぐ先に光がこぼれていた。

腕《うで》を伸《の》ばし、這《は》い上がるように体を引きずる。光のほうへ、明るいほうへと這う。口が乾《かわ》く。喉《のど》が張りつきそうだ。

右手が光に届《とど》く。左足にぐいと力を入れ、体を前へおし出すと、パッと目の前が白くなり、一弥《いちや》は目を細めた。

一度目を閉《と》じて、静かに開く。

……なん、なんだ。

目の前の光景に、息をのんだ。

たった今、這《は》い出てきたベッドの横に、本棚とタンスが折り重なるように倒《たお》れている。

膝《ひざ》をついたまま顔を上げる。

部屋が傾《かたむ》いているのか？

振り返ると、机が部屋のドアを突《つ》き破っている。

背中《せなか》が鈍《にぶ》くズンと痛《いた》み、手足にはすり傷《きず》がある。それでも、これだけの怪《け》我《が》ですんだのが、信じられないほどだ。

浅く息を吸《す》う。

手も足も震《ふる》えが止まらない。

バリッ！　ゴオオオン
家が悲鳴《ひめい》を上げる。

かあさん、かあさんはどこだ？

タンスに手をあて立ち上がる。机が突き破ったドアの間から、体をすべらせるようにして部屋を出たところで悲鳴を上げそうになった。

廊下《ろうか》の向こうにある母の部屋が、斜《なな》めに傾いている。

ちがう、傾いているだけじゃない。桜《さくら》の枝が見えるはずの廊下《ろうか》の窓から、となりの家の黄色い車と崩《くず》れたブロック塀《べい》が見える。

うそだ、ここは二階だ……。崩れたのか？

コン、コン
階下から、かすかに物音がした。

かあさん!?

「かあさん、かあさん」

階段に目をやる。

天井《てんじょう》から落ちてきたのか、がれきが散乱《さんらん》し、多少傾いてはいるものの階段はその形を残していた。

行ける。

壁《かべ》に背中《せなか》をおしあてるようにして、階下へと下りていく。

たった今、廊下《ろうか》で見た光景を振り払うように一度頭《かぶり》を振る。

かあさん、今行くから。助けに行くから。

ぎゅっとこぶしを握《にぎ》り、顔を上げた。


玄関に向かって伸《の》びている階段は、最後の三段で部屋のほうへ折り返している。その折り返した階段に足をかけたところで一弥《いちや》は立ちつくした。

台所があるはずの奥《おく》の部屋がない。

二階の部屋におしつぶされている。

声が出ない。はっはっと、あえぐような息が喉《のど》の奥からこぼれる。

息が、できない。ぺたりと座りこんだとき、かすかに音が聞こえた。

コン、コン
えっ？

意識を集中させ、耳を澄《す》ます。ドクドクという自分の心臓《しんぞう》の音がやけに大きく聞こえる。

コン、コン

聞こえた！

「かあさん、どこ!?」

声を上げる。

コン、コン
「かあさん！　かあさん！」

洗面所？

立ち上がり、階段を降りる。足が震《ふる》える。

がれきが散乱した廊下を進む。そこにあるはずの洗面所の前で、かあさん、かあさんと声を上げる。

がれきの向こうから、小さくコンコンコンと音がする。

生きている。

この中にいる。

胸《むね》の奥が一瞬弛緩《いっしゅんしかん》し、すぐにキュッと縮《ちぢ》む。

「かあさん、かあさん」

手あたり次第に目の前にある木片《もくへん》をつかみ、投げ捨てていく。洗面所はすぐそこのはずなのに、ドアすら見えない。
頼《たの》むから、だれか助けて。だれか、おじさん、おじさん、かあさんを助けて！
手の平に血がにじむ。
そのとき、けたたましくサイレンが鳴った。
プウープウープウー
プウープウープウー
町内放送のスピーカーからだ。
プウープウープウー
プウープウープウー
『ただいま、大津波警報《おおつなみけいほう》が発令《はつれい》されました。
津波避難対象地区《ひなんたいしょうちく》にお住まいのかたは
直《ただ》ちに安全な場所へ避難してください』
プウープウープウー
プウープウープウー
『ただいま、大津波警報が発令されました。

津波避難対象地区にお住まいのかたは直ちに安全な場所へ避難してください』

うそだろ。

一瞬《いっしゅん》、立ちつくした。

津波って……。

子どものときから、何度となく聞かされていた。

一弥《いちや》が生まれるちょうど十年前、東日本《ひがしにほん》を襲《おそ》う大地震が起きた。

マグニチュード九・〇。世界最大級の地震に続き、大津波が発生した。海沿《ぞ》いにある町は一瞬のうちにのみこまれ、すべてが破壊《はかい》された。

そのときの映像や写真を四、五年生の頃、なにかの授業で見た。

これが、たった二十年前に起きたことなのかと信じられない思いだった。なにもない。町として存在《そんざい》していた形跡《けいせき》がまるでなかった。ミニカーのようにひっくり返った車と列車、建物の上に座礁《ざしょう》している船。原型がわからないほど崩《くず》れた家々。

がれきの山だった。

二十年の時を経《へ》て、町は再生された。潮風を受けて大漁旗《たいりょうき》をばたばたとひるがえしながら港にもどってくる漁船。店々が並《なら》ぶ新しいアーケード街《がい》。ランドセルを背負《せお》った小学生たちが並木道《なみきみち》を笑顔で駆《か》けていく。

活気にみちた東北《とうほく》の姿《すがた》が、映像の最後に映し出された。

あの地震《じしん》と津波《つなみ》で、数万人の人が亡《な》くなったという。

居住《きょじゅう》人口二千五百人。東京湾《とうきょうわん》沿《ぞ》いに埋《う》め立てられたこの小さな汐浦《しおうら》の町にも津波の危《き》険性《けんせい》を指摘《してき》する声が上がり、十五年前からおよそ十年をかけて、地域《ちいき》に二棟《とう》の津波避難《ひなん》タワーと、人工的につくられた丘の上に三百人を収容《しゅうよう》できる防災福祉《ぼうさいふくし》センターを建てた。

津波警報《けいほう》が出たら立ち止まらず避難しろ。膝下《ひざした》までの水量でも、追いつかれたら足をすくわれる。体ごと持っていかれる。

学校で、そう教えられた。

プウープウープウー
プウープウープウー

くるったように、サイレンが鳴り響《ひび》く。

プウープウープウー
プウープウープウー

『ただいま、大津波警報が発令《はつれい》されました。

津波避難対象《たいしょう》地区《ちく》のかたは直《ただ》ちに安全な
場所へ避難してください』

行けるかよ……。かあさんを置いて行けるわけないだろ。

助けるから、絶対に助けるから、かあさん、絶対に。

「おい！」

男の声がした。

「なにやってるんだ、避難だ、避難しろ！」

振り返ると、崩《くず》れた壁《かべ》の間をくぐって、見知らぬ男が入ってくる。

「早く来い！」と、腕《うで》をつかまれ、それを一弥《いちや》は乱暴《らんぼう》に振り払った。

「ばか、死ぬぞ」

男の手がさっきより強く、一弥の手首をつかんだ。

「かあさんが！」

「えっ」

「かあさんがそこに」

一弥《いちや》が指さすほうを見て、男の手がゆるむ。

「くそっ」

男は周囲《しゅうい》に視線を走らせると手をはなし、「なんでもいいからはいておけ」と、転がっているサンダルを一弥へ渡した。

カタカタカタ
ぐらり、地面が揺《ゆ》れる。

「急げ」

一弥と男は手あたりしだいにがれきを取り除《のぞ》き、投げ捨てていく。洗面所のドアがわずかに見える。そのドアを太い柱のようなものが斜《なな》めに倒《たお》れてさえぎっている。

「これだ、これをどかせ」

男が叫《さけ》び、一弥はそれをつかみ手前に引く。足に力を入れると、ガラガラと足元のがれきがすべり、バランスを崩《くず》す。

「動かない！」

「もう一度だ、いち、に、さん」

男の声にあわせて引っ張る。

「もう一度！」
ゴオオオ
ガタガタガタ
足元が揺れる。
頭上でバキバキと音を立てて、ドオンと、二階からがれきが落ちた。家中が、ギシギシと音を立てる。
プウープウープウー
プウープウープウー
男は柱から手をはなした。
「来い」
一弥の腕《うで》をつかむ。
「いやだ！」

握《にぎ》られた腕《うで》を一弥《いちや》が振り払う。

「いいから来い！」

「いやだ！」

男は小さく息を吸《す》い、こぶしに力を入れた。

ぼふっ
「うっ」

うめき声をもらし、前屈《まえかが》みに崩《くず》れた一弥を男がかつぎ上げた。

（かあさん……）

プウープウープウー
プウープウープウー
一弥をかついだまま、男は口を開いた壁《かべ》の隙間《すきま》から家の外へ出た。

一度家を振り返り、目をつぶる。

すまん。

勘弁《かんべん》してくれ。

男はそうくり返し、歯を食いしばって顔を上げた。

気がつくと、一弥は車の中にいた。正面に乗務員証《じょうむいんしょう》がある。桜《さくら》タクシーと書かれた下に不機嫌《ふきげん》そうな顔写真があり、「片桐保《かたぎりたもつ》」と書いてある。

「動け動け」

声のほうに顔を向けると、写真の男がハンドルを握った指をとんとんとせわしなく動かしながら、バックミラーをにらんでいる。

こいつ、さっきの！

男と目が合う。

かあさん、かあさんが。

「もどれ！　早く家にもどれ！」

つかみかかろうとした瞬間《しゅんかん》、バックミラーになにか黒いものが見えた。

「出ろ」

「……」

「あの建物の中まで走れ」

片桐はハンドブレーキを引き、外に飛び出すと「早く！」と怒鳴《どな》った。

その声に気圧《けお》されて車を降りる。振り返ると、道路の向こうから黒いものが迫《せま》ってくるのが見えた。

「来るぞ」

遠くに見えたものがぐんぐん迫ってくる。速い。街路樹《がいろじゅ》が倒《たお》される。

これが、津波《つなみ》……。

「走れ！」

片桐《かたぎり》の声にはじかれるように、一弥《いちや》は駆《か》け出した。前に停《と》まっている車からも、人が転がるように出てきた。

「走れー」

水が迫る。

ゴオオオオ、音が大きくなる。まるで、生きもののようだ。

石造りの門を抜《ぬ》けて、正面にある三階建ての建物へ走る。サンダルが脱《ぬ》げる。

建物の上から、数人の人が身を乗り出し、声を張り上げ、指をさしている。

「そっちだ、入り口はそっちだ」

ゴオオオオ

泥《どろ》の臭《にお》いだ。湿《しめ》った空気にのみこまれる。足元に水が迫る。

「早く、急げ！」

片桐の背中《せなか》を追うように、はだしのまま建物の中に飛びこみ、階段を三階まで一気に駆け上がって床《ゆか》に倒れた。

息が切れ、むせぶ。喉元《のど》まで胃液《いえき》が上がってきて口の中が苦い。

濁流《だくりゅう》のような音に顔を上げると、窓に向かって人が四人、身じろぎもせず立っていた。

片桐が体を起こして窓辺へ行く。そのうしろにふらりとついていって、一弥は目を見開いた。

川だ。

街《まち》の中を黒い川が轟々《ごうごう》と流れている。

低くうなるように、道路を、町を、のみこんでいる。家が黒煙《こくえん》を上げながら、流される。木が、車が、おもちゃのように濁流に流されていく。車の中に人が乗っているのが見える。

思わず一弥は目をそらした。

うそだ、うそだ。

こんなことあるはずない。

足が震《ふる》える。

ゴオオオオッと獰猛《どうもう》なうなりを上げて、黒い川が町をのみこんでいく。

窓から少しはなれたところに立ちつくしている、恰幅《かっぷく》のいい中年の女がくるったように泣き出し、その向こうで白髪《はくはつ》の老人が幼《おさな》い子を抱きしめながら、手をこすりあわせ、経《きょう》を唱《とな》え始めた。

「つかまってろ！　手をはなすな！」

「がんばれ！　がんばれ！」

窓際にいる男たちが、窓から身を乗り出して声を上げる。彼らの視線の先をたどっていくと、赤ん坊を抱いた女の人が二階屋の窓枠《まどわく》にしがみついていた。

水の勢《いきお》いが増す。

流される。

作業着の男たちが顔をそらす。

中年の女の泣き声が、悲鳴《ひめい》になる。
一弥《いちや》はこぶしを握《にぎ》った。
足も、手も、震える。震えをおさえようとこぶしに力を入れても止まらない。
立っていられない。だれかにすがりつきたい。声を上げて叫《さけ》びたい。
おじさん、健介《けんすけ》おじさんっ。
思わず、目の前にある片桐《かたぎり》の服をつかんだ。
片桐はなにもいわず、その手を包《つつ》んだ。
片桐の手も、震えていた。

2

水の勢《いきお》いが止まった。

海水は街《まち》ごとすべてをのみこんで、建物の二階部分まで浸水《しんすい》した。

今朝まで、つい数時間前までくり返されていた生活が、世界が、一変した。

信号待ちをする車も、横断歩道を母親の手に引かれて歩く幼《おさな》い子どもも、自転車をとばす小学生たちも、パン屋の香《こう》ばしい匂《にお》いも、八百屋の店先から聞こえるおばさんたちの甲《かん》高《だか》い笑い声も。

あたりまえにあったことが、どれも消えた。

「だめだ、つながらない」

部屋のあちこちで何人かの人たちがケータイを握《にぎ》りしめ、指を動かし、耳にあてている。

かあさん……。

津波《つなみ》にのみこまれる母の姿《すがた》が、脳裏《のうり》をよぎる。

喉《のど》元に熱いものがこみ上げてくる。

苦しい。心臓《しんぞう》の鼓動《こどう》が大きくなる。

がくっと膝《ひざ》をついて、一弥《いちや》は胃の中のものを吐《は》き出した。

「おい、どうした」

背中《せなか》をさする片桐《かたぎり》の手を振り払いながら、もう一度吐《は》いた。

こいつが見殺しにした。

こいつがかあさんを殺した。

「さわんな」

自分でも驚《おどろ》くほど、低く、冷たい声だった。

こいつが、こいつがよけいなことをしなければ、かあさんを置いて行くことなんてなかった。ひとり残して行くなんて、絶対、絶対。

さっき、すがってしまった自分が許《ゆる》せなかった。

必死に逃《に》げて、走って、生きたいともがいて、こいつの背中を追いかけて……。

「あの、これよかったら」

会社の制服らしい紺色《こんいろ》の服を着た若い女が、桜《さくら》色のステンレスボトルを差し出しながら、床の上の嘔吐物《おうとぶつ》をティッシュペーパーでぬぐう。

「水、出ないんです。これ、ジャスミン茶だけど、口をゆすいだら少しさっぱりすると思うから」

「すみません」

片桐が受けとり、「ん」と一弥《いちや》におしつける。

「こっちに給湯室《きゅうとうしつ》がありますから、そこで」

立ち上がった一弥の背中に手をあてて部屋を出たところで、女の人はふっと一弥の足元に目をやった。

「ちょっと待っててね」

そういうと部屋にもどり、サンダルをもって出てきた。

「とりあえず、これ、はいてて」

外回りに出ている営業《えいぎょう》の人のものだという。

給湯室は、割《わ》れた湯呑《ゆの》みやグラスが床《ゆか》に散乱《さんらん》していた。女の人は落ちているヤカンを拾い、ガス台の上にのせて中に入っていった。

口をゆすぐと、独特《どくとく》の花の香りが口の中に広がり、胸《むね》がすっとした。

小さく頭を下げると、女の人はわずかに目尻《めじり》を下げて微笑《ほほえ》んだ。胸のネームプレートに、松永《まつなが》と書いてある。

「もういいの？　じゃあ、もどろうか」

松永《まつなが》は、一弥《いちや》の背中《せなか》をそっとおした。

中学校の教室二つ分ほどある広い部屋の入口に「第一営業部《えいぎょうぶ》」とプレートがあった。中には机がいくつもあり、パソコンやファイルが無造作《むぞうさ》にのせてある。部屋の隅《すみ》にある資《し》料棚《りょうだな》の下は、大量の紙が散乱《さんらん》していた。

そこにベージュ色の作業着のようなものをはおった男が二人、スーツにネクタイを締《し》めた男が一人、それから三、四歳の小さな男の子と初老の男、中年の太った女。そして片桐《かたぎり》がいた。

一弥が部屋の入り口まで来ると、中にいた人たちの視線が集まった。

どくん
心臓《しんぞう》の鼓動《こどう》が大きくなった。手の平がじっとりと汗《あせ》ばむ。

三ヵ月間、部屋にこもっていた。母と叔父《おじ》以外のだれとも顔を合わせず、口もきかなかった。

人に会うことも、人と接することも、拒《こば》んできた。

「だいじょうぶか」

部屋の入り口で立ちつくしている一弥の肩《かた》を、片桐がたたいた。

ふれられた部分がヒリヒリと熱くなる。

「とりあえず、ここで救助《きゅうじょ》を待つしかなさそうだな」

いやだ……。

いやだ、いやだ。

一緒《いっしょ》になんていたくない。こいつのいいなりになんかなりたくない。

「どうしたの？」

松永が背中にそっと手をあてる。一弥は顔を伏《ふ》せた。

「みなさーん」

スーツを着た白髪まじりの男が、部屋の中央で右手を上げた。

「みなさん、ちょっと聞いてください」

全員の視線が、その男にそそがれたことで、一弥は息をついた。

「私は相澤《あいざわ》フレーム工業の小野《おの》といいます。今ここには、当社の社員四名と、避難《ひなん》されてきたかたが五名、合計九人がいます。ライフラインは絶《た》たれていますので、はっきりしたことはいえませんが、地震《じしん》と津波《つなみ》でそうとうな被害《ひがい》が出ていることはまちがいありません。避難所へ移動しますが、外はこの状況《じょうきょう》ですので、自力での移動は無理です。救助が来ると思いますが、それがいつになるかもはっきりとはわかりません。備蓄《びちく》していた非常食《ひじょうしょく》と飲みものは一階にあったのでたぶん流されています。今あるのはこれだけですが、当面これでしのいで、救助を待ちたいと思います」

そういって、銀色の非常用リュック五つを机に置いた。

「懐中電灯《かいちゅうでんとう》、乾《かん》パン、水、ロウソク」

一つひとつ中味を出していく。

「お互《たが》いに気がかりなことも多いと思いますが、力を合わせて今を乗り切りましょう。名前だけ紹介《しょうかい》します。向こうから、岡田《おかだ》、井口《いぐち》、松永《まつなが》、そしてわたしが小野《おの》です」

部屋の隅《すみ》で、片桐《かたぎり》が軽く咳《せき》をしながら立ち上がり、「片桐です」といって一弥《いちや》を見る。なにもいわない一弥に、「おい」といって、ひとつ息をつき「よろしくお願いします」といった。

その向こうで、中年の女が「中西《なかにし》です」と、鼻を赤くして頭を下げる。子どもを抱いた初老の男は座ったまま「厚木《あつぎ》です。この子は孫の草太《そうた》、四歳です」といい、ご迷惑《めいわく》をおかけしますと目を伏《ふ》せた。

一弥は、ふらりと廊下《ろうか》へ出た。汚《よご》れた小さな窓から外を見る。

ギュッと目をつぶる。

うそだ。こんなことあるはずない。

夢に決まってる。

唇《くちびる》をかむ。

かあさん……。

なんでだよ、なんで。

いつも通り仕事に行っていれば、こんなことにならなかった。

保育園のすぐ裏《うら》には避難《ひなん》タワーがある。あそこならすぐに避難することができた。

面談《めんだん》なんて、そんなもん必要ないっていったじゃないか。かあさんと担任《たんにん》が話してなんになるんだよ。なのになんで。なんで今日にしたんだよ。

口の中に血の味が広がる。

——一弥。

かあさんの声が、笑顔が、怒《おこ》った顔が、哀《かな》しげな表情が浮かんでは消える。

「おい」

肩《かた》に手をのせられて、びくりとする。曇《くも》った窓ガラスに、うっすらと片桐が映《うつ》った。

思わず目を伏《ふ》せる。

「ちょっと来い」

返事を待つことなく、片桐《かたぎり》は一弥《いちや》の腕《うで》を引き、給湯室《きゅうとうしつ》のとなりにある資料室《しりょうしつ》と書かれた部屋に入った。

部屋の中は、スチールの棚《たな》が倒《たお》れ、中のファイルがガラス片《へん》と混《ま》じって散《ち》らばり、ダンボールがあちこちに転がっている。

「足元、気をつけろよ」

窓が小さいせいか、薄暗《うすぐら》い。片桐が咳《せき》をする音がいやに響《ひび》く。

「ここを使えるようにするから手伝え」

片桐はそういうと、手にしていたほうきを突《つ》き出した。

一弥は両手をジーンズのポケットに突っこみ、顔をそむける。

「掃除《そうじ》をしたら、ダンボールの中味を出す。ダンボールを向こうの部屋に持っていって、床《ゆか》に敷《し》く」

「……」

「今、できることをやるんだ。おまえだけがつらいだなんて思うなよ。みんな、同じだ」

同じ？　ふざけるな。

あんたはかあさんを、かあさんを置き去りにした。見捨てた。助けを求めていたかあさんをあんたが殺した。そうだ、殺したんだ。

ほうきを振り払う。

おれに命令するな。さわるな。

一度、鋭《するど》い視線を向けて、また顔をそむける。

片桐は鼻から大きく息を吸《す》いこみ、ゆっくりと吐《は》き出してダンボールの上に腰《こし》を下ろした。

「……おまえ、名前は？　おれは片桐だ。片桐保《たもつ》」

「……」

「……まあ、いい」

片桐はほうきをつかんで立ち上がり、一弥は部屋の隅《すみ》で背《せ》を向けて膝《ひざ》を抱《かか》えた。

目を閉《と》じ、耳をふさぐ。

なにも見たくない。聞きたくない。知りたくない。今起きているすべて、信じたくない。なにもかも全部。

床《ゆか》をはき終わると、片桐《かたぎり》はダンボールを部屋の隅《すみ》に並《なら》べ、書類棚《しょるいだな》など転倒《てんとう》の危険のあるものを、廊下《ろうか》の端《はし》に横倒しにして置いた。

片桐は体が大きいほうでもなく、とりたてて力があるわけでもない。それでもたいていのものなら一人で運べる自信があった。

ようは、コツだ。腰《こし》を入れ、膝《ひざ》の屈伸《くっしん》を使う。タオルや毛布を使えば、大型の整理ダンスでも冷蔵庫でも、たいていのものは一人でも運べる。

意識《いしき》などしなくても、自然と体が動く。

忘《わす》れないもんだな……。

高校生の頃、時給がいいという理由で引っ越し屋のバイトをした。そこでいやというほど経験を積んだ。学校でも、親戚《しんせき》の間でも、無愛想《ぶあいそう》だといわれ、なじめなかった。それが不思議とバイト先では気に入られた。十八になると社長に車の免許《めんきょ》まで取らせてもらって、卒業後は系列《けいれつ》の運送《うんそう》会社に就職《しゅうしょく》した。大型免許も取った。

週半分は、荷台《にだい》いっぱいに荷を積み、深夜の高速道路を飛ばす。だれに気を使うでもなく、好きな運転をして金をもらえる。荷の積み下ろしが苦だというやつも多かったが、そんなものは苦でもなんでもなかった。

給料はおもしろいくらい上がった。大手企業に入社した大学出のやつより、ずっと稼《かせ》いでいたはずだ。

二十九歳のとき、三つ年下の理彩子《りさこ》と結婚をした。激《はげ》しい恋愛《れんあい》ではなかった。会社で出会ってから三年間。静かに、おだやかに、ゆっくりと育てていった。

頭《かぶり》を振る。

なんで今こんなことを……。

胸《むね》の内ポケットに手をすべらせて、小さく息をつく。

タクシー会社へ転職《てんしょく》をして六年。会社の規定《きてい》で乗務中《じょうむちゅう》の喫煙《きつえん》は禁止されていたが、ついつい手が伸《の》びる。それで先週から、上司に車内へのタバコの持ちこみを禁止されていた。

不便な世の中になったなと、うそぶいて、首を鳴らした。

入り口から、部屋の隅でうずくまっている青年を見る。いや、青年というには幼《おさな》い。中学生くらいだろうか。まだ少年だ。

名前もいわず、なにも答えようとしない。

あたりまえ、か。

おれは、この子に恨《うら》まれている。母親を置き去りにさせたのはおれだ。

でも、ならどうすればよかったんだ。

母親を助けるために避難《ひなん》を拒《こば》むこの子を、放っておけばよかったのか？

少年の背中《せなか》が、翔《しょう》とかぶった。

死なせたくない。死なせてたまるかと、それだけだった。

翔……。おれの息子だ。

生まれたばかりの小さな翔を初めて抱いたとき、みっともないくらいおれは泣いた。なんでこんなに涙《なみだ》が出てくるのか、自分でも不思議だった。泣きながら笑って、笑いながら泣いて、それで絶対にこの子を幸せにする。どんなことがあっても、命に替えてでも守り抜《ぬ》こうと誓《ちか》った。

本当なら、十四歳になっている。中学生だ。翔は、どんな中学生になっていただろう。きっと生意気《なまいき》になって、おれにたてついてくることもあるのだろうな、と想像《そうぞう》する。口数が減り、鼻の下のうぶ毛が濃《こ》くなり、声が低くなる。おれの息子だ、きっと勉強はあまり得意じゃないだろう。ときには悪さもして、理彩子《りさこ》が愚痴《ぐち》をこぼして……。

あたりまえだと思っていた。あたりまえに年を重ねていく。笑って、泣いて、怒《おこ》って、不安になったり、喜んだり、それで少しずつ家族の形を変えていく。少しずつ、少しずつだ。

そう思っていた。七年前、あの事故が起きるまでは。

夕日が部屋ににじむ。

窓の外に目をやって、歯を食いしばる。

信じていたことが、音を立てて崩《くず》れていく。

あのときと同じだ。

少年に視線を向ける。

おれは、あやまったりはしないからな。

おまえは生きてる。だから這《は》いつくばってでも生きろ。恨むなら恨めばいい。どんなに恨まれたって、助かる命をあきらめるよりずっとましだ。ましなんだよ。

最後にひとつ残った棚を、片桐《かたぎり》は持ち上げた。

ガタガタと窓が音を立てる。

また来たっ。

一弥《いちや》は顔を上げて、膝《ひざ》を強く抱いた。

グラグラと数秒間、横に揺《ゆ》れておさまったあとも、心臓《しんぞう》がドクドクと音を立てている。喉《のど》が渇《かわ》く。

視線を感じて振り向くと、ダンボールをたたんでいる片桐《かたぎり》と目が合った。

部屋の中がガランとして見える。

「ずいぶん片付きましたね」

廊下《ろうか》から松永《まつなが》が顔を出して、驚《おどろ》いたようにいう。夕日がまぶしいのか、左手をすっと顔の前にかざす。

「向こうも一応、片付いたのでいらっしゃいませんか？　余震《よしん》もけっこうあるし、みんなでかたまっていたほうがいいだろうって課長《かちょう》、小野《おの》さんが」

「そうですね。じゃあこれを先にもっていきましょう」

「ダンボールですか？」

「床《ゆか》に敷《し》くんです。少しは冷えをおさえられますから。そこの新聞紙も使えます。体に巻くとけっこうあったかいんですよ」

「あ、それ聞いたことあります。よかった、明日回収日《かいしゅうび》だったんですよ、新聞。けっこうたまっているでしょ」

「ええ」と苦笑して、ダンボールを松永に手渡す。

「行くぞ」

片桐の声に、一弥は体を硬《かた》くした。

「行かない」

「へっ？」

松永が、部屋を出かけたところで間の抜《ぬ》けた声を出した。それから、「でもね」と一弥に歩みよる。

色白の細い指が肩《かた》にかかると、一弥はそれを乱暴《らんぼう》に振り払い、体を丸めた。

「おい！　いいかげんにしろ。わがままいってる場合じゃないことくらいわかるだろ」

座りこんだまま顔を上げようとしない一弥を見て、片桐はドスッとダンボールを置いた。

松永が片桐の袖《そで》を握《にぎ》る。

「しかたないです。私たちだって混乱《こんらん》しているんです。不安なんです。だから」

「だからなおさらです。こんなときだからこそ、甘《あま》やかしちゃだめだ。子どもだからなんて理由にならないんです。勝手を許《ゆる》すわけにはいかない」

一弥《いちや》がわずかに顔を上げる。

ふざけんな……。

腹の奥《おく》で、熱いものがふつふつと音を立てる。どろりとしたものがこみ上げてくる。膝《ひざ》を抱《かか》えている手に力が入る。

「でも今日だけなら、懐中電灯《かいちゅうでんとう》もいくつかありますし」

「いや、わがままにみんなが付き合うことはない。一人のために他の人を犠牲《ぎせい》にしちゃいけないんです」

一人のために、一人のために犠牲に……。

膝《ひざ》に指がくいこむ。

それで、それで、かあさんは。

「つらいのはみんな同じで」

ばん!

壁《かべ》をたたき、一弥は片桐《かたぎり》を見た。突《つ》きさすようににらみつける。息が荒《あら》い。深く、長く、震《ふる》えるように内側から息がもれる。

「うわー!」

一弥は頭から片桐に突《つ》っこんだ。

なにがなんだかわからなかった。こぶしが動く。倒《たお》れる片桐を思いきり殴《なぐ》りつける。

「ふざけんなっ！」

ぼふっ、ぼふっ
がつん！

「くっ」

片桐の声がもれる。

こぶしが頬《ほお》の薄《うす》い肉を通りこして、頬骨《ほおぼね》にあたる。ごりっと鈍《にぶ》い感触《かんしょく》が右手に伝わる。

目の前にある顔が、ゆがむ。

腹にこぶしをたたきこむ。

「うぐっ」

片桐の口が動く。口の端《はし》から、つうと赤いものがこぼれる。

許《ゆる》せない。許さない。絶対に。

かあさんを殺した。

かあさんを殺した。

こいつがかあさんを殺した。

ぐったりとしている片桐《かたぎり》の胸《むな》ぐらをつかみ、前後に揺《ゆ》さぶり、床《ゆか》にたたきつけ、馬乗りになって顔面にこぶしを振るう。

かあさんは、呼んでた。助けを求めてた。

かあさんはっ！

――コン、コン。コン、コン
耳の奥《おく》でかすかな音が聞こえる。

ざわりとしたものが、体の奥でうごめく。

――一弥《いちや》、一弥！　ここを開けなさい、話してくれなかったら、
　かあさんわからないでしょ！　ほら、開けて、開けなさい。

あのときも、かあさんは何度も何度も、ドアをたたいた。

三ヶ月前、一弥が部屋にこもったときの情景と重なった。

どんなにドアをたたかれても、一弥は応えなかった。無視をした。

あっ……。

片桐を殴《なぐ》り続けていた手が止まった。

おれが学校に行っていれば、部屋にこもったりしなかったら、かあさんが学校から呼《よ》び出されることなんてなかった。仕事を早退《そうたい》することなんて、なかったんだ。

うしろのほうで、ぼんやりと悲鳴《ひめい》が聞こえた気がする。何人もの足音が聞こえる。

羽交《はが》い締《じ》めにされて、片桐から引きはなされる。

……おれのせいだ。かあさんを殺した。おれが、かあさんを。

「うわあああああ!」

一弥は吼《ほ》えた。

3

四時間前――

宿泊するビジネスホテルの部屋について間もなく、大きな揺《ゆ》れがあった。

野島健介《のじまけんすけ》は、壁《かべ》ぎわの机の上にある薄型《うすがた》テレビをおさえながら、中腰《ちゅうごし》で揺れがおさまるのを待った。

「でかかったな」

大きく息をついて、上着を脱《ぬ》ぐ。リモコンでテレビのスイッチを入れて、ハンガーに上着をかける。ボストンバッグに手をかけながらふとテレビに目をやって、呆然《ぼうぜん》とした。

「うそだろ……」

白いヘルメットをかぶったアナウンサーが、緊張《きんちょう》した表情でくり返しくり返し、同じことを伝えている。その右横に、東京大震災発生《とうきょうだいしんさいはっせい》！　マグニチュード八・六、震度《しんど》七、と太い文字で書かれている。

「十二時五十二分頃東京湾《とうきょうわん》北部を震源《しんげん》とする大地震発生。マグニチュード八・六。東京二十三区で震度《しんど》七を観測《かんそく》しています。くり返します。十二時五十二分頃東京湾北部を震源とする大地震発生。マグニチュード八・六。東京二十三区で震度七を観測しています。大《おお》津波警報《つなみけいほう》が発令《はつれい》されています。けっして海岸付近には近づかないでください」

健介《けんすけ》は食い入るように画面を見つめ、あわててベッドの上に投げ出していたケータイをつかんだ。発信履歴《はっしんりれき》から志穂《しほ》の自宅にかける。

つながらない。

もう一度、くり返す。

「ただいま映像が入ってまいりました」

テレビの中の声に顔を向ける、高層《こうそう》ビルが大きくゆっくりと左右に揺《ゆ》れる。割れた窓ガラスが降り、白煙が上がる。道路と建物の間がクレバスのように裂《さ》けている。人々が悲鳴《ひめい》を上げて、行き場を探して逃《に》げまどっている。パニック映画のワンシーンのような光景が、つぎつぎに映し出された。

チャンネルを変える。どの局もアナウンサーが切迫《せっぱく》した口調で原稿《げんこう》を読んでいる。

備《そな》えつけの電話を取り、外線《がいせん》をおす。ボタンをおす手が震《ふる》える。

通じない……。

テレビでは大津波警報が発令されたと伝えられ、津波警報を示す毒々《どくどく》しい色が日本地図の腹の部分を縁《ふち》どっている。東京湾《とうきょうわん》も紫《むらさき》色の線でなぞられていた。

うそだろ……。

東京湾に、津波は来ないんじゃないのか？

「海岸付近にいるかたはすぐにはなれてください。できるだけ高いところへ避難《ひなん》してください」

アナウンサーが興奮気味《こうふんぎみ》にくり返す。

プルルプルル
内線《ないせん》電話の音にびくりとして、受話器を上げる。

「野島《のじま》様、ロビーに倉田《くらた》様がおみえです。……野島様？」

「あ、はい、」

「申し訳《わけ》ございません。ただいまの地震《じしん》でエレベーターを止めさせていただいておりますので、階段をご利用いただけますか」

健介は上着とボストンバッグをつかみ、ケータイを耳にあてながら部屋を出た。

部屋の中で、つけたままになっているテレビの映像が変わる。

海が白い波を持ち上げて、沖から陸へとおしよせる。消波《しょうは》ブロックをゆうゆうと越《こ》えて、海水が陸地へと流れこんだ。

暗闇《くらやみ》に、スッと青白い光がさす。

「入るね」

松永《まつなが》のやわらかな声に、一弥《いちや》は顔を上げた。

「おなかすいたでしょ。これ。ちょっとだけど」

コピー用紙で折った紙箱を一弥の横に置いた。乾《かん》パンがいくつか入っている。

いいですと、目をそらす。

「だめだめ、食べるまでここにいるからね」

少しおどけたような口調でいい、松永は一メートルほどはなれたところにぺたんと座った。

両肘《りょうひじ》を曲げたままうしろに引くようにして胸《むね》を張り、首を前後左右に倒《たお》してからぐるりと回す。両手を天井《てんじょう》に向けて伸《の》ばして、ぱっと下に落とす。

「あー、すっきりした。体コチコチだった」

松永が笑いかけると、一弥は驚《おどろ》いたように顔を伏《ふ》せた。

「今日ね、うちの会社、社員旅行だったの。北海道《ほっかいどう》よ。私たちは居残り組。本当についてないでしょ」

そういって静かに息をついた。

「だいじょうぶだよ。あの人、片桐《かたぎり》さん。口の中を切っちゃったみたいだけど、中西《なかにし》さんがだいじょうぶだって。中西さんって避難《ひなん》してきたおばさんのことね。看護師《かんごし》さんだったんですって」

「……」

松永が立ち上がって、窓ガラスに手をあてる。と、ぱっと振り向いた。

「見て」

ほら、と腕《うで》を引かれて一弥はしぶしぶ立ち上がり、窓の外に目をやった。

暗い。こんな暗闇《くらやみ》を見たことはなかった。

店の看板《かんばん》も、車のヘッドライトも、信号も家々の明かりも、街灯《がいとう》も、なにもない。真っ暗だ。

ここは、どこだ……。

じっと見ていると、闇に引きずりこまれてしまうような、そんな気がして、ぞくりとする。

「空」

えっ？

松永《まつなが》の声に視線を上げる。

「あっ」

たくさんの光の粒《つぶ》。これまで見たことのないような空だ。

ここは本当に東京《とうきょう》なのか？

「すごいね」

「ん」

思わず応えていた。

頬《ほお》に温かいものを感じて手をあてると、指先がぬれた。

涙《なみだ》？　なんで泣いてんだ。

自分で自分の涙の意味がわからない。そのことにとまどいながら、空を見続けた。

おじさん、おれ、かあさんのこと。

生きてるよな、生きてるよな、おじさん。
おじさんは、生きてるだろ。

「うっ」

片桐《かたぎり》は部屋の隅《すみ》で横になっていた体を起こし、口の端《はし》をさわって顔をしかめた。頬骨《ほおぼね》のあたりもズキズキとうずくように痛《いた》む。

殴《なぐ》られたのなんて、いつ以来だ。

そんなことを考えて、苦笑した。

六年前だ。

理彩子《りさこ》のおやじさんに殴られて以来だ。

またか……。

なんだって今日は昔のことばかり思い出すんだ。

ギュッと目をつぶる。

あのときもそうだった。胸《むな》ぐらをつかまれて、何度も、何度も殴《なぐ》られた。殴りながらおやじさんは泣いていた。なんでだと声を張り上げて、おまえのせいだと、おまえと一緒《いっしょ》になったりしなかったらとくり返した。泣いて、泣いて、これでもかとおれを責《せ》め、ののしった。まるでだだっ子のようにも見えた。

事故だったんだ。事故だ。そういうことはできたはずだ。でも、なにもいえなかった。

あの夜、おれが夜行便《やこうびん》の仕事を断《ことわ》っていれば……。理彩子《りさこ》に免許《めんきょ》を取るなといっていれば……。車など買わなければ……。

どこがまちがっていたんだ。それとも、全部か？　おれが理彩子と出会ったことも、愛したことも、翔《しょう》が生まれたことも。

わからない。

わかるのは、あのときおれがいれば、理彩子と翔が死ぬことはなかった。それだけは、確かだ。

翔は赤ん坊の頃からよく熱を出した。四十度を超《こ》える高熱だ。翔を抱《かか》えて夜中に救急病院へ駆《か》けこんだことも、一度や二度じゃなかった。

夜行便の仕事は、わりがいい。金を稼《かせ》ぎたかった。これから理彩子と翔に、もっといい暮らしをさせたかった。金を稼いで、もっともっと。理彩子が運転免許を取るつもりになったのは、おれが夜に家を空けることが多くなったからだ。

「免許なんてみんな持ってるもの。あって困《こま》るものじゃないでしょ」

そういって、仮免《かりめん》の実技試験《じつぎしけん》に三度落ちて、四回目にようやく合格した。「見て！」と、緊張《きんちょう》して少し驚《おどろ》いた顔の写真がついた免許証を見せた。あの理彩子のうれしそうな顔を今もはっきりと覚えている。

中古の赤いコンパクトカー。小回りがきくし、燃費《ねんぴ》もいい。理彩子が免許を取って、すぐに買った。

お世辞《せじ》にもうまいとはいえない運転だった。安全第一で制限速度を守り、教習所で習ったとおりに、曲がるときには三十メートル手前でウインカーを出し、シートベルトも忘《わす》れたことはなかった。きまじめな理彩子らしい運転だった。

でも、事故はどんなに気をつけていても、起きるときには起きる。

理彩子と翔を乗せた車に、対向車線《たいこうしゃせん》からトラックが突《つ》っこんだ。相手の居眠《いねむ》り運転が原因だった。

二人は病院に運ばれて、そのまま目を覚ますことはなかった。ほぼ即死《そくし》だったと医者にいわれた。

大阪《おおさか》からトラックを飛ばし続けて病院へ着いても、まだ信じられなかった。二人とも眠《ねむ》っているような、きれいな顔をしていた。「寝坊《ねぼう》しちゃった」と、今にも起き上がるのではないかと思うほどだった。翔《しょう》だって、仕事から帰ったときに見るいつもの寝顔《ねがお》と変わらなかった。

「起きろよ。うちに帰ろう」

そういって理彩子《りさこ》の体にふれた。

なんでだ。

なんでこんなことになったんだ。

あの瞬間《しゅんかん》、すべてが壊《こわ》れた。

仕事を辞《や》め、アパートも出た。酒を飲めるだけ飲み、吐《は》き、また飲む。どこでどうやって朝をむかえて、一日を過ごしていたのか、記憶にない。

すべて終わった。なにも残っていない。空っぽだった。

ただ、息をしていた。心臓《しんぞう》が鼓動《こどう》していた。

そんなおれの前に、あの人が来た。

おやじさんはおれを殴《なぐ》り続け、号泣《ごうきゅう》し、ののしり、罵倒《ばとう》し、それから絞《しぼ》り出すような声で「生きろ」といった。

生きろ、生きろ、生きろ……。

嗚咽《おえつ》がもれた。

理彩子と翔を失って、初めて泣いた。

あれから六年だ。

口の中の傷口《きずぐち》に舌をおしあてる。

どうすればよかったんだ。見て見ぬふりをすればよかったのか？　それとも、最後まで母親を助けるために手を貸《か》せばよかったのか……。

目頭を強くおさえる。

そんなこと、わかるわけがないだろうと自分に返す。

どれが正しくてどれがまちがいだなんて、数学の問題じゃないんだ。答えなんてかんたんに出るかよ。

ただ助けたかった。それだけだ。

目の前の命を、助けることのできる若い命を、守りたかった。だけどそのために、一人を助けるために、一人を見捨てた。生きるために、見殺しにした。

それも事実だ。

廊下《ろうか》に目をやって、ため息をつく。

おれは、あいつになにをしてやれるんだ。してやれることがあるのか……。

夜の間、何度も大きな余震《よしん》が来た。そのたびにみんな体を起こして息をつめる。揺《ゆ》れるたびに、また津波《つなみ》が起きるのではないかという恐怖《きょうふ》にかられる。

不気味《ぶきみ》な静けさの中で、ときおり人のものとも、動物のものとも思えるようなうめき声が外から聞こえた。窓は閉《し》まっているのだ。外の音など聞こえるはずがない。昼間の、あの叫《さけ》び声や助けを求める声が耳にこびりついているだけだ。

何度も、何度もそう思おうとした。現実には、そんなものは聞こえてなどいない。空耳《そらみみ》だ。

だけど、何度目かのうめき声が聞こえたとき、思わず顔を上げると、作業着を着た若い男と視線がぶつかった。

空耳などではない。

だれかが、助けを求めている。

だけど……。

若い男が顔を伏《ふ》せた。

しかたがない。しかたがないんだ。この暗闇《くらやみ》の中でどう探せばいい？　水没《すいぼつ》してがれきだらけになった街《まち》の中からどうやって。今外に出れば、もどってこられる保証《ほしょう》はない。

ゴオオオッ
ぐらっ
余震《よしん》が続く。

初老の男が連れている子どもの泣き声が響《ひび》く。「ママー、ママー」と母親を求めるその声は、泣き声というより叫び、悲鳴《ひめい》のようだ。初老の男は「だいじょうぶ、だいじょうぶ」と低く、ささやくようにくり返した。

あの子の母親は、どこかで生きているだろうかと、片桐《かたぎり》は思った。脳裏《のうり》に、理彩子《りさこ》の胸に顔をうずめて、安心しきって眠《ねむ》っている翔《しょう》の姿《すがた》が浮かんだ。

ごほごほと咳《せき》が出る。額《ひたい》に手をあてて舌を打つ。

熱なんて出してる場合じゃないだろ……。
腕時計のボタンをおすと、青いライトが灯《とも》り、デジタルの数字が浮かび上がる。
23：27
もうすぐ今日が終わる。

ハンドルを中指でたたきながら、前の車のテールランプをにらみつける。健介《けんすけ》が山梨《やまなし》を出てからもう九時間がたつ。ふつうなら二時間半もあれば着く距離《きょり》だ。

車は、打ち合わせの前に飯《めし》を食おうとやってきた、画廊《がろう》の倉田《くらた》から借《か》りた。

東京《とうきょう》へもどる、と駅へ向かおうとする健介に、「電車なんか動くかわからんぞ」と、車のキーを差し出した。

自慢《じまん》の愛車、一九五九年式のＶＷ《フォルクスワーゲン》カルマンギア・カブリオレ。磨《みが》きあげられた黒い外装《がいそう》。朱色《しゅいろ》のシートに白いハンドル。運転させろといってもこの車だけは絶対に首をたてに振らなかった。

躊躇《ちゅうちょ》する健介に倉田は、「早くしないと気が変わるぞ」と背中《せなか》をおした。

十四時過ぎ、コンビニで地図や懐中電灯などを買いこみ、東京へ向かった。中央道は交通規制がしかれているため、甲府《こうふ》から青梅街道《おうめかいどう》を進む。ところどころ渋滞《じゅうたい》が起きて、それは都心へ近づくにつれてひどくなった。何年ぶりかのマニュアル車に、クラッチをきる左足がつりそうになる。

行けるところまでとハンドルを握《にぎ》ったものの、道のところどころに亀裂《きれつ》があり、片側通行になっている場所が何ヵ所もあった。誘導《ゆうどう》する警官《けいかん》もなく、運転手たちがそれぞれに、判断《はんだん》して順番に通っていく。疲労感《ひろうかん》が増し、気持ちだけが急《せ》いている。

「なんで今日なんだよ……。間が悪すぎるだろ」

思わず言葉がこぼれる。

なんで、どうして、うそだよな。同じことばかりくり返し考えている自分が情けなかった。

ラジオをつける。

一弥《いちや》のことが心配でならなかった。背《せ》を向け、外の世界を絶《た》ち、かたくなに自分の中にこもってしまった甥《おい》のことが、なによりも気がかりだった。ただ、あのときは志穂《しほ》がいた。地震《じしん》が起きたのは、電話の二十分ほどあとだから、二人はきっと一緒《いっしょ》にいたはずだ。

志穂なら、引きずってでも一弥を部屋から出している。

「だいじょうぶだ」

だいじょうぶ、だいじょうぶ。

ラジオから、余震《よしん》の情報がとめどなく流れている。

都内では湾岸《わんがん》エリアを中心に津波《つなみ》、火災《かさい》、地割《じわ》れ、液状化現象《えきじょうかげんしょう》、建物の倒壊《とうかい》、油の流出とつぎつぎに被害《ひがい》が広がり、死者一三三人、行方不明者二八二五人、負傷者《ふしょうしゃ》六五五六人となっている。数時間前に発表された数字から、すべてがはね上がっている。

耳をふさぎたくなるような情報ばかりがくり返される。唯一《ゆいいつ》、朗報《ろうほう》といえるのは、大津波警報《けいほう》が津波注意報《ちゅういほう》に変わったことだけだった。

前の車が動く。健介《けんすけ》はクラッチをゆっくり上げて、アクセルに足をのせた。

4

闇《やみ》がうっすらと白くなった。

朝だ。朝が来た。

一弥《いちや》は松永《まつなが》が持ってきた新聞紙を膝《ひざ》からどけて立ち上がった。大きく息を吸《す》いこむ。白い息が、ふわっと口元に広がる。手も足も、指先が寒さでしびれている。手をこすりあわせ、顔を上げた。

窓の向こうに広がっている灰青《はいあお》の空をおし上げるように、地平線から白い光がにじんでいく。

光に吸いよせられるように窓辺へ歩みより、思わず顔をそむけた。

認《みと》めたくない。認められない。なのに水に沈《しず》んだ街《まち》に目を向けてしまったら、ほんのちょっとの希望《きぼう》が、もしかしたらかあさんは助かっているかもしれないという期待《きたい》が、砕《くだ》けてしまう。

きれいだ……などと一瞬《いっしゅん》でも感じた自分が許《ゆる》せなかった。昨日と同じように、太陽が上り、日がさしているそのことに、安堵《あんど》を覚える自分があさましく思えてたまらなかった。

わかってる。昨日のことが悪い夢じゃないことくらい、わかってる。空腹も、寒さも、こぶしの痛《いた》みも、全部がリアルだ。

目をつぶり、窓に背《せ》を向けた。

「起きたか」

片桐《かたぎり》の声にピクリと肩《かた》を揺《ゆ》らし、一弥は小さく声をもらした。

ドアの前に立っている片桐の顔は、眉《まゆ》の上と頬骨《ほおぼね》の辺りが紫《むらさき》色に腫《は》れ上がり、口元には絆創膏《ばんそうこう》が二枚貼《は》ってある。

なんの痛みも感じなかった。人を殴《なぐ》ることに、痛めつけることに、少しのためらいもなかった。ただ腹が立って、憎《にく》くて、許せなくて。ただ、ただ、目の前にいるこいつを、殴り続けた。

感情をおさえられない。おさえようと思えないことが、怖《こわ》い。自分が怖い。

きゅっと唇《くちびる》をかむ。

あのときもだ。

同じクラスの鷲田《わしだ》が、おれのスパイクを隠《かく》した。

ふざけてたんだ。そんなことわかってた。でも、あのスパイクだけは許せなかった。

スパイクは安くない。なのに、買っても買っても、すぐに足がでかくなって窮屈《きゅうくつ》になる。

きついといえば、「また?」と文句をいいながら、「バカの大足ね」と笑ってかあさんは金を出してくれる。ゆとりがあったわけじゃない。でも、かあさんはいつもそうだった。だから、いえなかった。少しくらいきつくても、無理やり足を突っこめばはけないことはないんだ。ある日、仕事から帰ってきたかあさんが、「おみやげ」といって紙包みを放った。新しいスパイクだった。「遠慮《えんりょ》なんかして、バカね」。かあさんはそういって、笑った。

「返せよ」鷲田《わしだ》に怒鳴《どな》った。おれの反応に驚《おどろ》いたような顔をして、それでも「マジになんなよな〜」とヘラヘラした鷲田に、「ふざけんな!」と、上ばきを投げた。それが鷲田の顔面にあたった。ねらったわけじゃない。あたるとは思わなかったんだ。

鷲田はおれをにらんで、教室を飛び出した。廊下《ろうか》の水道の下に隠《かく》してあったスパイクをつかむと、トイレへ走っていって便器へ投げこんだ。

——うん、サイズぴったり

そういって得意《とくい》そうに笑うかあさんの顔が浮かんだ。

汚《よご》された……。

殺してやる。

血が沸《わ》いたように体が熱くなって、鷲田につかみかかった。数回こぶしをたたきつけた。

「野島《のじま》！」

体育の佐竹《さたけ》先生が、おれを抱《かか》えこんだ。

「野島！」

佐竹先生の声で、はっとした。

「だいじょうぶか？」

先生は、殴《なぐ》られた鷲田じゃなく、おれにいった。


あのとき、おれは殺意《さつい》をもった。

殺してやると思った。本気だった。

自分の感情が怖《こわ》かった。なにかの拍子《ひょうし》に、平気で一線《いっせん》を越《こ》えてしまいそうな自分が恐《おそ》ろしくてたまらなかった。

おれは、おれ自身を信じられなかった。

だから学校に行くのをやめた。もうだれとも関《かか》わるつもりなんてなかった。

なのに……。

片桐《かたぎり》が、窓に背《せ》を向けて立っている一弥《いちや》のとなりに並《なら》び、窓の外を見た。

「名前、教えてくれないか」

「……野島《のじま》、野島一弥」

「のじまいちや、くん。どんな字？」

「野原の野に島。一弥は、漢数字の一に弥生《やよい》時代の弥」

「一弥、いい名前だな」

「……」

「いい名前だ」

そういったまま、二人はしばらく、互《たが》いにちがうほうを見ながら、黙《だま》って並んだ。

廊下《ろうか》の向こうから、話し声や物音が聞こえてきた。

「ん？」

ふいに声を発した片桐を、一弥がちらと見る。

片桐は目を細めるようにして窓の外を見つめ、窓を開けた。

冷たい風が吹きこむ。一弥は両手で腕《うで》をさするようにして振り向いた。苔《こけ》色の水の上に、おびただしいがれきが浮いている。

「おい、あれ！」

うわずった声を発して片桐が指をさした。その先に視線を動かすと、オレンジ色の大きなトタン板が浮いていた。屋根だ。真ん中で折れて、いかだのように浮いている。その上に……。

「あっ」

人だ。屋根の上に、制服姿《すがた》の女の子が倒《たお》れている。

「おーい！　だいじょうぶか」

片桐が大声を上げる。

女の子は動かない。

「おーい！」

うそだろ……、一弥がそう思ったとき、女の子の頭がわずかに動いた。

生きてる！

片桐が部屋を飛び出していくと、入れちがうように向こうの部屋から小野《おの》と、作業着姿の岡田《おかだ》と井口《いぐち》が「どうした」と顔を出した。

「そこに、女の子が」

一弥《いちや》の言葉に、小野《おの》たちが窓辺へ駆《か》けよった。

片桐《かたぎり》は階段を駆け下りた。二階へ下りる途中《とちゅう》から階段には泥《どろ》がみっしりと積もり、生臭《なまぐさ》さと油が混《ま》じったような臭《にお》いが強くなる。さらに一階までの階段は途中から水につかり、木片《もくへん》やポリタンクが浮かんでいた。

片桐は壁《かべ》に手をあてながら、足を止めずそのままバシャッと進んでいった。ここで躊躇《ちゅうちょ》したら進めなくなる。なんの装備《そうび》もせず水の中を進むことがいかに危険なことか、そのくらい考えずともわかる。だから立ち止まってはいけない。あの子を助けたいという思いを途切らせてはいけない。

足元から濁《にご》った水が染《し》みこんできた。その冷たさに体が縮《ちぢ》み、キュッと硬《かた》くなる。一階まで下りると、みぞおちの辺りまで水かさがあり、見た目にもわかるほど手も足も震《ふる》えた。

建物を出る手前で、手をあてていた階段の壁《かべ》をとんとたたいた。ここから先は支えてくれる壁はない。力を抜《ぬ》けよ、と自分にいい聞かせて長く息を吐《は》いた。

外に出ると、灰青《はいあお》の雲の間から太陽がのぞき、やわらかな日差しが頰《ほお》にあたる。暖《あたた》かさに、刹那《せつな》、力が抜けた。それでもすぐ、建物のまわりに積み重なっている大破《たいは》した車や畳《たたみ》、網戸《あみど》や木材や原形のわからない鉄骨《てっこつ》、一面に浮いている木片《もくへん》やペットボトルや布きれを直視すると、恐怖《きょうふ》がどっとおしよせてきた。

トタン屋根までは百メートルもないのに、恐《おそ》ろしく遠く感じる。

足の裏《うら》のぬかるみに神経《しんけい》を集中させ、水面のがれきをかき分ける。

水につかった体が痛《いた》い。冷たいというより、痛い。風が吹くとあごが震《ふる》え、ガチガチと歯と歯があたる音だけが頭の中で響《ひび》く。

こんな泥水の上で、吹きっさらしの中で、あの暗闇《くらやみ》の中をたったひとりで……。どんなに恐ろしかったろう。男のおれでも、耐《た》えられる自信はない。

「今助けてやる」

気がはやる。バランスを崩《くず》しそうになり、足を踏んばる。

焦《あせ》るな、焦るなといい聞かせて、前を向く。

水面に、無数のがれきが浮かんでいる。

このひとつひとつが、断片《だんぺん》のひとつひとつが、十数時間前まで、だれかの家族を守って、だれかの暮《く》らしを支えていたものだった。思い出のつまったものだったんだ。

ぷかりと、赤いプラスチック製《せい》の積み木が浮いている。

「くそっ」

無性《むしょう》に腹が立った。腹が立ってしかたがなかった。

もしも神様なんてもんがいるとしたら、おれはあんたを恨《うら》む。

あんたはどうしていつも、こうなんだ。人の幸せを根こそぎ奪《うば》い取って、哀《かな》しみのどん底に突《つ》き落として、夢も希望も、愛する人も、すべてを奪い取って。

ふざけるな。ふざけるなよ。

もう、これ以上、あんたに奪われるのはごめんだ。

積み木を握《にぎ》りしめて泥水《どろみず》の中を、ざぽざぽと進んでいく。

もう少しだ……。

「おい！」

声が震《ふる》える。

手を伸《の》ばすと、トタン屋根は予想外にあたたかく感じられた。

屋根に手をつき、腕《うで》の力で体を持ち上げようとしたが力が入らない。そのうえ水をふくんだ服は想像以上に重く、思うように動かない。一度に上がりきることができず、腹で体を支え、這《は》いずるように上った。

屋根の真ん中で、女の子は膝《ひざ》を抱《かか》えるようにして体を丸めて横たわっていた。

「おい！　だいじょうぶか」

白い息が煙のように口から流れる。

「聞こえるか」

四つんばいのまま女の子のそばへ行って、ぞくりとした。唇《くちびる》の色が恐《おそ》ろしいほど薄《うす》い。

「おい、しっかりしろ」

女の子の頭がわずかに動いた。

「もうちょっとだからな」

と、抱き上げようと肩の下に手を入れた瞬間《しゅんかん》、女の子の腕の間から黒い塊《かたまり》が飛び出した。

「うわっ」

片桐《かたぎり》は思わず声を発した。

ネコだった。黒いネコだ。

黒ネコは片桐を威嚇《いかく》するように、シャーッと喉《のど》を鳴らし、毛を逆立てる。

「おまえも助けてやるから、ちょっと待ってろ」

片桐《かたぎり》は女の子を腕《うで》に抱いたまま屋根の縁《ふち》に腰《こし》かけ、尻《しり》をすべらせるようにして泥水《どろみず》の中に入った。背中《せなか》から、今度はナーオナーオと訴《うった》えるようにネコが鳴く。

「おーい」

建物の窓に向かって声を上げると、小野《おの》が身を乗り出して「今行く！」と叫《さけ》んだ。

まもなく、建物の入り口から、作業着を着た井口《いぐち》という若い男が出てきた。建物とトタン屋根のちょうど中間で、片桐は井口に女の子を託《たく》して、もう一度トタン屋根へ向かった。

屋根の上で黒ネコは腰を下げ、しっぽを後ろ足の間に入れて震《ふる》えている。

おまえも怖《こわ》かったんだよな……。

片桐は「おまえの番だぞ」といい、足を踏《ふ》み出した。瞬間《しゅんかん》、咳《せき》こみ、バランスを崩《くず》した。

「ぐっ」

足の裏《うら》に激痛《げきつう》が走る。

なにかがささった。顔をゆがめ、そのままネコに手を伸《の》ばす。

「来い、ほら」

ネコはミャッと短く鳴いて、片桐の腕の中に飛びこんだ。

「井口！」

小野が階段の上から叫《さけ》んだ。

「凍《こお》る！　マジやばいっすよ！」

歯をガチガチ鳴らしながら二階まで上がった井口は、「負《お》ぶわせてくれ」という小野の背中に女の子を託して、その場にへたりこんだ。

小野が負ぶった女の子の背中に岡田《おかだ》は上着を脱《ぬ》いでかけ、その背中をさすりながら三階へ急いだ。

階段を上がりながら、小野は二度、背中の女の子に顔を向けた。生きている人間の体温とは思えなかったからだ。

いくら一晩中外で凍《こご》えていたといっても、生きている人間ならぬくもりがあるはずだ。でも背中にいる女の子からはそれを感じられない。

人形、いや氷を背負っているかのようだ。

それでも確かに、女の子は小さく呼吸《こきゅう》をしている。

「ずいぶん冷えてますね」

小声でつぶやく岡田に、「そうだな」とだけ小野は返した。

「課長《かちょう》!」

階段を上りきったところで、松永《まつなが》が飛び出してきた。背中《せなか》の女の子の頰《ほお》に手をあてて小さく息をのむ。

「こっちへ、資料室《しりょうしつ》へお願いします」

そういって、給湯室《きゅうとうしつ》のとなりにある小部屋の前まで行くと、中から一弥《いちや》が出てきた。

部屋には、ダンボールと新聞紙でつくった簡易布団《かんいぶとん》が用意されていた。

「ここへ」

看護師《かんごし》だったという中西《なかにし》が、簡易布団の上に毛布を広げた。

小野《おの》が腰《こし》を下ろすと、中西は女の子の肩《かた》を腕《うで》で支えながら毛布にくるみ、「よくがんばったね。もうだいじょうぶだから」と、女の子の手首に指をあてた。

「じゃあ、あとは頼《たの》んだよ」

小野と岡田《おかだ》が部屋を出ていくと、中西は女の子のブレザーを脱《ぬ》がせた。

「濡《ぬ》れた服は着替《きが》えさせてあげないと。体温が」

「着替えなら、わたしの私服が」

「よかった」

「すぐ持ってきます」

廊下《ろうか》の端《はし》で一弥が膝《ひざ》を抱《かか》えるようにして顔をうずめていると、肩をポンとたたかれた。

顔を上げると、目の前に、薄《うす》い水色のカーテンを体に巻いた井口《いぐち》の笑顔があった。

「あっち、女子部になっちゃったな。こっち来いよ」

首を横に振ると、井口はヘヘッと笑いながら、一弥の前にしゃがんだ。

「こんなとこにいると誤解《ごかい》されっぞ。あっち、のぞいてんじゃねーかって」

そういって、資料室を指さす。

「そんなこと」

「だよなぁ、あの女の子は別としても、あとの二人はおばさんだもんなー」

井口の笑い声に、「だれがおばさんなのよ」の声がかぶった。

「うわっ」

「井口君ね、いっておきますけど、わたしはまだれっきとした二十代ですから」

松永はセーターのようなものを手に、頬をふくらませて資料室へ入っていった。

井口は肩をひょいと上げて苦笑しながら、一弥の腕を引いた。

「まあいいから、ほらほら男子はこっち」

部屋の中に入ると、井口《いぐち》と同様にカーテンを体に巻いた片桐《かたぎり》が、くしゃみを連発していた。

「だいじょうぶですか？」

小野《おの》がいうと、片桐はうなずき返しながら、もう一度大きなくしゃみをした。

「ア、レルギーなんです。ネコアレルギー」

あぁと小野は笑い、黒ネコを見た。

黒ネコは、厚木《あつぎ》という初老の男の孫《まご》が、頬《ほお》をこすりつけるようにして抱いている。弱っているのか、ネコはされるがままだ。

横倒《よこだお》しにした書類棚《しょるいだな》の前に一弥《いちや》が腰《こし》を下ろすと、松永《まつなが》が入ってきた。

「あの子、どうですか」

片桐がいうと、松永は小さくうなずいた。

「怪我《けが》はないようですけど、体がかなり冷えていて。中西《なかにし》さんがマッサージをしてくれています」

そういって、「朝ごはんにしましょう」と袖《そで》をまくった。

食事は、乾《かん》パン八個と水が配《くば》られた。救助《きゅうじょ》がいつ来るのかわからないため、できるだけ消費をおさえようと朝晩の二回、この量を配ることになった。

「はい。ちゃんと食べてね」

松永は手にしている最後の一つを、一弥の横に置いた。

そのとき、とがった声が響《ひび》いた。初老の男、厚木の声だ。

みんなの視線が、すっと集まる。

「草太《そうた》、これは草太のじゃないか」

草太の横で、ネコがカリカリといい音をさせながら口を動かしている。

「だって」

舌っ足らずな声で、草太がいう。

「ネコちゃん死んじゃうもん。おなかペコペコなんだもん」

厚木は、ゆっくり息をついて、草太を膝《ひざ》にのせた。

「ネコは何日か食べなくたって、だいじょうぶなんだよ」

「ほんと？」

「ああ、草太はちゃんと食べないと大きくなれないんだよ」

一弥《いちや》は乾《かん》パンをながめて鼻を鳴らした。こんなもんで、でかくなれるかよ。

草太《そうた》が厚木《あつぎ》を見上げる。

「ママがね、動物も人間も同じだよっていってた。そーたんがね、ザリガニのごはんあげなかったとき、ママ、かわいそうだよっていった」

「……さ、いいから、食べなさい」

答えになってねえじゃん。

一弥は、乾《かん》パンの入った紙箱をつかんで立ち上がり、ネコの前にそれを置いた。

「きみっ」

「おい」

背中《せなか》から聞こえる厚木と片桐《かたぎり》の声を無視して廊下《ろうか》に出た。

自分の食いものをどうしようと勝手だろ。

息が詰《つ》まる。

なんでみんな勝手なことばかりいうんだ。よけいなお世話なんだよ。だれが助けてくれって、生きたいっていったんだ。

やめてくれよ、そういうの。

ふっと資料室《しりょうしつ》に視線がいった。運ばれてきたときの、女の子の白い顔が目に焼き付いている。

あの子は、助かるんだろうか。

一弥は、階段を下りていった。

「救助《きゅうじょ》って、いつ来るんすかね」

カーテンにくるまったまま井口《いぐち》がいった。井口の性格なのか、これだけの状況《じょうきょう》にあっても、その口調はあまり深刻《しんこく》さを感じさせない。

そうだな、とうなずきながら、窓の外を見る。ロープに通した、片桐と井口、二人のズボンと下着が風にはためいている。

昨日からずっと、ケータイでの通話はもちろん、メールもネットもつながらない。一台あったラジオも雑音《ざつおん》ばかりだ。

情報が、なにひとつ入ってこない。

小野《おの》や岡田《おかだ》は昨日からラジオにかじりつき、ケータイのバッテリー残量を気にしながらも、日に何度もメールを確認《かくにん》し、ネットにアクセスしている。

わかったところで、なにかが変わるわけじゃない。

片桐《かたぎり》は二人を見て小さく息をつく。

知ってしまったら、絶望《ぜつぼう》しか見えてこないかもしれない。現実を見るってことは、知るってことは、そういうことだ。いずれにしたって見なきゃいけないときは来る。知りたくないことも、知らされるときが来るんだ。

そう思いながらも一方で、わからないことに苛《いら》ついている自分もいる。小野《おの》が雑音《ざつおん》だらけのラジオをつけると、知らず知らずのうちに息を殺して耳を傾《かたむ》けている。

IT《アイティー》だか、ET《イーティー》だかよくわからない。そっち方面にはからきし疎《うと》い。そんな自分ですら、知らず知らずのうちに大量の情報に支えられて暮《く》らしてきた。頼《たよ》っていた。

それが今、いっさい途切《とぎ》れている。

ガラス越《ご》しに空を見上げた。

やっぱり、ヘリも飛んでない……。

昨日《きのう》、津波《つなみ》の直後に一度だけ見た。たぶん、海上自衛隊《かいじょうじえいたい》のヘリだ。

なにかしらの動きがあっていいはずなのに、九時を過ぎても外は静かなままだ。

「まさかな」

つい最悪の状況《じょうきょう》を考えてしまう。

首都壊滅《しゅとかいめつ》……。そんなこと、あるはずがない。だけど、あるはずのないことが、目の前で起きた。

東京湾《とうきょうわん》に津波は来ない。仮に来たとしても数センチ。そういっていたはずだ。いったいなんのためのシミュレーションだ。また想定外《そうていがい》、か。二十四年前に起きた東北《とうほく》の震災《しんさい》のあと、汐浦《しおうら》に暮《く》らす多くの人が不安を口にした。なのに、なんでだ……。

被害《ひがい》の状況《じょうきょう》は？　地震《じしん》の規模《きぼ》は？　街《まち》の状態《じょうたい》は？　救助《きゅうじょ》は？

なにがどうなっているんだ。

「あー、牛丼《ぎゅうどん》食いてー」

となりでわめきながら、井口《いぐち》は豪快《ごうかい》に腹を鳴らした。

もう一度、片桐は空を見上げた。

さっきまで日がさして青空をのぞかせていた空が、白くぼんやりとかすんでいる。

「片桐さん、ね、聞いてます？」

「ん、あ、すまん、なに」

井口が人なつっこい笑みを浮かべている。

「だから家族っすよ、家族」

「家族？　ああ、いや、井口《いぐち》くんは？」

「オレ？　オレは」

そういいながら、目尻《めじり》を下げて頭をかき、左手をグーにして突《つ》き出した。薬指に、真新しい銀色の輪《わ》っかが光っている。

えへへと、照《て》れくさそうに笑いながら、

「籍《せき》入れただけっすけど、先週」と、右手の中指で指輪をなでる。

「新婚さんか」

「え、まあ、そんなとこっす」

「そうか……。心配だろうな」

ぼそりとつぶやいて、しまったと後悔《こうかい》した。今、いってはいけなかった。

「悪い……」

「いいっすよ、あいつは運がいいんす。うん。いいんすよ」

井口の語尾《ごび》がわずかに震《ふる》えた。片桐《かたぎり》は何度も、黙《だま》って、うんうんとうなずいた。

運がいい、か。

助かったものと、そうでなかったもの。わずかな差だ。一瞬《いっしゅん》の判断《はんだん》、数秒の差。今回だけじゃない。すべて、そのわずかな差だ。

一分、三十秒ずれていたら、理彩子《りさこ》も翔《しょう》も事故に巻きこまれずにすんだ。死なずにすんだ。

二人には運がなかったのか？　地震《じしん》からも津波《つなみ》からも、逃《に》げることができたおれは、運がいいのだろうか？　妻《つま》も息子《むすこ》も失《うしな》った男を、運がいいといえるのか？

井口は「よっ」といって立ち上がり、窓を開けた。

「うわっ、やっぱ寒いっすね」

そういいながら、閉《し》めようともせずに外を眺《なが》めている。

井口の肩《かた》に、力が入っているのがわかる。信じている。信じようと歯を食いしばっている。

——運がいいんす

言葉は軽い。でも、片桐にはそれが祈《いの》りのように聞こえた。

5

二階は想像《そうぞう》していたより悲惨《ひさん》だった。海水と、泥《どろ》と油とをまぜあわせたような異様《いよう》な臭《にお》いが鼻を突《つ》く。机やイスがひっくり返り、窓ガラスはすべて割《わ》れ、床《ゆか》には泥がごっそりたまっている。壁《かべ》のちょうど真ん中の位置まで浸水《しんすい》のあとが残っているのを見て、ぞくりとした。

ンナ〜オ　ナ〜オ

ネコの鳴き声に一弥《いちや》が振り返る。

階段の真ん中辺りに、黒ネコが行儀《ぎょうぎ》よく座っていた。

黄色く光る目で、なにかいいたげに、一弥をじっと見ている。

なんだよ。

一弥はシッと右手を振る。そんなことなどいっこうに構《かま》う様子もなく、ネコはンナ〜オと鳴いて、動こうとしない。

「あっち行け」

そう怒鳴《どな》って背中《せなか》を向ける。それでも、ネコの視線を感じて落ち着かない。皮膚《ひふ》がヒリヒリする。

ただのネコだ。ネコに見られているだけじゃないかと自分にいい聞かせる。

ちくしょう……、足元に転がっている木片《もくへん》をつかんで振り返ると、ネコのとなりに草太《そうた》がしゃがんでいた。

「な、なにやってんだよ、上に行ってろ」

一弥《いちや》がいうと、「あのね」と、草太はちょっと困《こま》ったように鼻にかかった声を出した。

「あのね、そーたんのママ、ネコちゃん好きなの。そーたんもネコちゃん好き」

なにいってんだ、こいつ。

「あっそ、おれは別に好きじゃないから。早く行け」

草太はじっと動こうとしない。それなら、おれが行くからいい。

一弥が木片《もくへん》を床《ゆか》に落として階段のほうに歩いていくと、草太はネコを抱《かか》えて、うれしそうに鼻を広げる。

「ネコちゃんがね、いうことがあるの」

草太が、ネコを顔の前に持ち上げる。

「おにーちゃん、ありがとお」

そういって、ネコといっしょに頭を下げる。

……ここは保育園か。

やってらんねえ。階段の一段目に足の裏《うら》をすりつけて、泥《どろ》を落とす。たたたっと階段を駆《か》け上がり、草太の横を通り抜《ぬ》ける。そのとき、ふっとあたたかく、やわらかなものが手にふれた。

えっ？

草太の手だ。小さな、ぷくぷくとした手が、一弥の手の平にすべりこみ、きゅっと握《にぎ》っている。その小さな手を振り払うことも、握り返すこともできずにいると、ニャ、と鳴いてネコが草太の腕《うで》から飛び降りた。

「ネコちゃん！」

草太が一弥の手をはなす。その瞬間《しゅんかん》、一弥は両の手をポケットに突《つ》っこんだ。

数段上の階段にネコが座ると安心したのか、草太はネコに目をやりながら、さっき一弥の手があった辺りをまさぐるようにして、一弥のパーカーの裾《すそ》を握った。

カッカッカッカッと、ネコが後ろ足で耳の後ろをかく姿《すがた》を見て、草太がくふっと笑う。

その笑顔にどこか違和感《いわかん》を覚えた。

昨日の夜、向こうの部屋から聞こえた泣き声。黒板を爪《つめ》で引っかくような泣き声が、余《よ》震《しん》のたびに聞こえてきた。

あんな泣きかたをしていたのに、なんでこんな風に笑えんだよ。それとも、ガキの記憶なんて、こんなもんなのか？

ゴオオオオ
頭上で何かを引きずるような音が聞こえた。

「アーーー」草太《そうた》が悲鳴《ひめい》を上げた。昨日と同じ、キン！　とした声だ。同時に、パーカーの裾《すそ》が引っ張られた。

「なんだよ」

思わず草太の手を振り払おうとして、胸《むね》がどくんと音を立てた。

小さなやわらかな手が石のように硬《かた》く強くパーカーを握《にぎ》り、小刻《こきざ》みに震《ふる》えている。

ゴオオオオ
また音が響《ひび》く。地震《じしん》が起きる直前の、あの地鳴《じな》りの音に似《に》ている。

草太は濃《こ》く染《し》みの残っている壁《かべ》に向かってカッと目を見開き、体を硬直《こうちょく》させ、悲鳴を上げ続ける。

さっきまで笑顔をうかべ、困《こま》った表情をし、うれしげに鼻をふくらませていた草太とは別人だった。

「おい、ちがう、地震じゃない」

「アーーーー、アーーーー」

まるで、感情をもたない機械が咆哮《ほうこう》を上げているような悲鳴だ。

「だいじょうぶ、地震じゃない」

「アーーーー、アーーーー」

やめろ、壊《こわ》れる、やめろ！

思わず一弥《いちや》は草太を抱きしめた。ぎゅっと強く抱きしめ、背中《せなか》をさする。

「だいじょうぶ、だいじょうぶだから」

そういいながら草太を抱きしめていると、少しずつ、腕《うで》の中で小さな体から力が抜《ぬ》けていくのがわかった。

「だいじょうぶ、だいじょうぶ」

三階から厚木《あつぎ》が階段を駆《か》け下りてくる。その姿《すがた》が、一瞬《いっしゅん》、健介《けんすけ》の姿と重なった。

白髪頭に細身の厚木と、筋肉質《きんにくしつ》でがたいのいい健介。年齢《ねんれい》も体型もまるでちがうのに、なぜか、重なった。

いつだって味方になってくれた。なにかあれば仕事中でもすぐに駆《か》けつけてくれた。おじさんはいつだって……。

一弥《いちや》は草太《そうた》から体をはなして、ほら、と背中《せなか》をおした。

厚木《あつぎ》の胸《むね》に顔をこすりつける草太を見つめながら、小さな体のぬくもりが残る腕《うで》を右手で握《にぎ》った。

だいじょうぶ、だいじょうぶ、か……。

かあさんも、昔よくそうしてくれた。

小さかったとき、プールで水が怖《こわ》いと泣いたときも、近所の大きな犬に吠《ほ》えられたときも、運動会で転んで、ビリになったときも。だいじょうぶ、だいじょうぶって、抱きしめて、背中をさすってくれた。

あの頃、かあさんは大きかった。大きくて、強くて、優《やさ》しくて……。いつの間にか、おれはかあさんが背伸《せの》びをしても届《とど》かない棚《たな》の上に手が届くようになって、かあさんが開けられない瓶《びん》のふたを開けられるようになって。

でも、かあさん。

おれは、かあさんみたいに強くない。今だって、泣きべそをかいていたあの頃と変わっちゃいない。

だからいってくれよ、だいじょうぶって。だいじょうぶだよっていってよ、かあさん。

草太を抱き上げた厚木のあとについて三階へ行くと、資料室《しりょうしつ》から中西《なかにし》が出てきた。

「あの子、どうですか」

厚木の問いに、中西は表情《ひょうじょう》をくもらせた。

「怪我《けが》はなさそうなんですけれど、とにかく体が冷えていて」

そういって、第一営業部《えいぎょうぶ》の部屋へ入っていく。

厚木はため息をつき、胸《むね》に抱いた草太の髪に手をあてて中西のあとから部屋へ入っていった。

ミャー
ネコがひと鳴きして、一弥の足の間をすり抜《ぬ》けていく。小部屋の前で立ち止まり、もう一度鳴く。まるで、一弥に来いといっているように見える。

なんでおれが。

そう思いながらもついていくと、ネコが女の子の頬《ほお》に頭をこすり付けて、ミャーミャー鳴いている。

「しーっ、静かにしろよ」

そっとネコに近づくと、女の子の顔が見えた。

頬が白い。思わず額に手をあてて、びくりとした。

冷たい。

こんなに冷たい体にふれたことがない。

熱で熱くなった体より、冷たさのほうが、何十倍も恐《おそ》ろしさを感じる。

ネコが毛布にもぐりこむと女の子が静かに目を開いた。小さく唇《くちびる》が動く。歯がカチカチと音を立て、一弥《いちや》と目が合った。

「だ、だれか呼《よ》んでくる」

そういうと、細く冷たい指が一弥の手をつかんだ。

女の子の唇が動く。

「私」

弱く、消えそうな声に、一弥はわずかに顔をよせた。

「どうして」

「屋根の、屋根の上で、」

「ほかの人は」

どう答えればいいのかわからなかった。一人だった。屋根の上には、あんただけだった。

ほかにはだれもいなかった。

そう、ありのままをいってもいいんだろうか。

女の子は小さく息をついて、目を閉《と》じた。

「私だけだったんだ」

一弥をつかんでいた手が、毛布の上にぱたりと落ちた。

「なんで私だけ」

「……」

「なんで」

なぜ、どうして、なぜ自分だけが。

そうだ、なんで自分だけが生き残っているんだ。生きたいなんて、考えたこともなかった。部屋にこもって、やり過ごしているだけだった。だけど、おれは逃《に》げた。どうして？

なんで？　なんで逃げた？　なんで走った？

わからない……。でも、必死で逃げてしまった。生きようと、体が動いていた。

女の子が細い腕《うで》で顔をおおう。

どんなに強く、強く願っても、かなわない人もいる。

生きようとしても、生きることができなかった人がいる……。

「あんたは、死ななかった」

一弥《いちや》がぼそりというと、女の子の指がわずかに動いた。


廊下《ろうか》から足音が聞こえて、松永《まつなが》が入って来た。

「一弥君、ここにいたんだ」

松永が驚《おどろ》いたようにいい、それから女の子を見て優《やさ》しく笑う。

「気がついてよかった。これ、お水だけど少し飲める？」

体を起こそうとする女の子を支えるように、一弥が背中《せなか》に手をあてる。

「ありがとう」

女の子がいうと、一弥は気まずそうにぱっと手を引いた。

水の入った紙コップに女の子が口をつけると、毛布の中からネコが出てきた。となりにちょこんと座って、ふわーっとあくびをする。

「おまえも助かったんだね」

「あなたの腕《うで》の中にいたって。あなたのネコ？」

いいえ、と首を振って、女の子がネコの頭をなでる。

「たぶん、私を屋根に引き上げてくれたおじいさんとおばあさんの」

そういって、ぼろぼろと涙《なみだ》をこぼした。

ネコはふあっと大きくあくびをして、気持ちよさそうに丸くなった。

「おまえがいたから、私、死ななかったのかもね」

「逆かもよ」

松永が女の子を見る。

「あなたが、この子を助けたのかもしれない」

「……私。私、役に立ったのかな」

ネコの背にぽつんと涙が落ちる。ネコは、ニャッと短く鳴いて、毛布の中にもぐりこんだ。

女の子は、梨木瑠奈《なしきるな》と名乗った。年は十五歳、中三だ。

「おれよりいっこ上か」

「じゃあ一弥《いちや》君は中二？」

松永《まつなが》が、一弥と瑠奈を交互に見てため息をつく。

「あたしなんてもうおばさんね」

くすりと笑った瑠奈の唇《くちびる》がうっすら色づいてきたことに気づいて、一弥はどこかほっとした気持ちになった。

「じゃ、おれ」と、立ち上がったとき、入り口から声がした。

「おにーちゃん」

たたたっと草太《そうた》は足音を響《ひび》かせて駆《か》けてくると、がばっと一弥に飛びついた。一弥の腹におしつけた顔を、くんと上げて笑う。

その笑顔に、一弥はとまどった。

さっきはあんなにおびえて、悲鳴《ひめい》を上げていたのに。じいさんに抱きしめられただけで、こんなにも変わるんだろうか……。

部屋の入り口で、厚木《あつぎ》が静かに頭を下げる。

「くっつくなよ」

一弥がいうと、草太はまたうれしそうに笑った。

「こっちにおいで」

松永がいうと、草太は一弥の手を握《にぎ》って松永と瑠奈のそばへ行き、「そーたんも」と、声を上げて床《ゆか》に置いてある紙コップを手に取った。

「ごめんね、空っぽ。飲んじゃった」

紙コップをのぞきこむ草太に瑠奈がいうと、草太はうーんとうなだれた。

「避難所《ひなんじょ》に行くまでだから、もうちょっとだけ、がまんしてね」

松永が両手を合わせて、ごめんねというと、草太は人さし指で下唇《くちびる》をはじきながら、おしりをもぞもぞさせる。

それが、いじらしかった。

小さな子どもなんてうるさくて、わがままで、めんどうで、かわいいと思ったことなんてなかった。

一弥はどさっと床《ゆか》に座り、草太から目をそらした。

泣いて、わめいて、駄々《だだ》こねて、わがままいえよ。

そうしたら……、こんな気持ちになんて、ならないですむんだ。

一弥《いちや》の膝《ひざ》の上に、草太《そうた》がちょんと座った。

軽い。膝に座った草太は、見た目よりずっとずっと軽くて、小さかった。

こんなチビが、がまんしている。水一杯《いっぱい》、たったそれだけのことをがまんしている。

一弥は膝の上の草太を見た。

水くらい飲ませてやるよ。水くらい。

瑠奈《るな》の毛布の下からネコが顔を出す。と、草太はパッと笑顔になって、ネコにがばっとおおいかぶさった。ネコは、ニャッと鳴いて草太の腹の下からすり抜《ぬ》け、毛布にもぐりこんだ。それに気づかず、体を起こした草太はネコがいないことにキョトンとしている。

そのしぐさがおかしくて、松永《まつなが》も瑠奈も、一弥も、思わず笑って顔を見合わせた。

空気がやわらかい。

地震《じしん》のことも、津波《つなみ》のことも、かあさんのことも、なにひとつ忘《わす》れたわけじゃない。ただ、ほんのひととき、一瞬《いっしゅん》だけ、気持ちがやわらいだ。

なにかできることがあるんだろうか？　おれにもできることが、なにか……。

ん？　階段のほうへ歩いていく一弥に気づいて、片桐《かたぎり》は立ち上がった。

「うっ」

足の裏《うら》にドクンドクンと鈍《にぶ》い痛《いた》みが波打つ。さっきから痛みはあった。でも、こんな痛みは……。

倒《たお》してある書類棚《しょるいだな》に背中《せなか》をあてて座り、右足の裏を見る。思わず顔をしかめた。

傷口《きずぐち》がひどく腫《は》れ上がっている。

今朝、泥水《どろみず》の中で、釘《くぎ》かなにかを踏《ふ》んだところだ。

不注意《ふちゅうい》だった。バランスを崩《くず》すなんてどうかしている。慎重《しんちょう》すぎるくらい慎重にならなければいけないことはわかっていたのに。あのとき女の子を井口《いぐち》に頼《たの》んでほっとして、気が抜《ぬ》けていた。

胸《むね》のポケットから丸めたネクタイを取り出し、朝配《くば》られたミネラルウォーターをしみこませて傷口にあてる。ズンッと重い痛みが足の裏全体に走る。傷口にそのままネクタイを巻いた。

「どうかしましたか？」

小野《おの》が片桐の足に目をやった。

「いや、たいしたことじゃ」

「本当に？」

片桐《かたぎり》は苦笑してうなずいた。

「それはそうと、うちの岡田《おかだ》が明日から下り坂になるっていうんですよ、天気」

「ネット、つながったんですか？」

小野《おの》はあわてて両手を振り、「岡田」と声をかけた。部屋の向こうから、作業着姿《すがた》の小太りの男がぱたぱたとやってくる。

「こいつはそこらの天気予報よりずっと正確なんですよ」

小野の言葉に、岡田は首をすくめた。

年は三十代半ばといったところか、昨日からほとんど話していない。社交的《しゃこうてき》な井口《いぐち》とは対照的《たいしょうてき》な男だ。

「それで、明日から天気が崩《くず》れるっていうのは？」

片桐がいうと、岡田はうなずいて窓の外を指さした。

「雲を、見てください。南東から流れています。これは強い低気圧《ていきあつ》が近づいている証拠《しょうこ》なんです。昨日はうろこ雲も出ていました。それも天気が崩れる前兆《ぜんちょう》といわれています。それに風も」

急に饒舌《じょうぜつ》になった岡田に、片桐が驚《おどろ》いていると、

「と、ともかく、天気は下り坂になると……」

照《て》れたように岡田は言葉を濁《にご》した。

「さっすが岡《おか》さんっすね」

井口がポンと背中《せなか》をたたくと、岡田が軽くむせる。

対照的な二人のやりとりに思わず笑った。

笑いながら、こんなときでも人は笑うことができるのだと目頭が熱くなった。

「で」と、小野が話を切り出した。

「これからのことなんですが、片桐さんはどう思いますか」

「どう？」

「私はね、ここで救助《きゅうじょ》を待つのが一番だと思っていたんです。昨日は。でも」

ああ、と片桐はうなずく。

昨日は今日になれば、なんらかの動きがあると片桐も思っていた。でも、現実は午後になっても動きはない。ケータイも通じず、外との連絡もとれないままだ。

完全に孤立《こりつ》しているってことだな……。

このまま救助《きゅうじょ》を待つ。それが正しい選択《せんたく》だと思う。被害状況《ひがいじょうきょう》もわからず、余震《よしん》も多い。なにより水が引いていない。でも食料も水も、せいぜいあと二日がいいところだ。暖《だん》をとることができないというのもつらい。高齢《こうれい》の厚木《あつぎ》や幼《おさな》い草太《そうた》、それにあの女の子にはなおさらだ。

「避難所《ひなんじょ》までは二キロほどでしたね」

片桐《かたぎり》がいうと小野《おの》がうなずいた。

「そうです。正確には二・三キロ。この地域《ちいき》は桜《さくら》公園のタワーが避難所になっています」

小野が防災《ぼうさい》マップを広げて、自嘲《じちょう》ぎみに笑う。

「地図なんか、役に立ちませんね」

詳細《しょうさい》に記してある店も、交差点《こうさてん》も、目の前の街《まち》にはない。道路がどこにあるのかすら認《にん》識《しき》できないのだ。

「なんにしても、全員で動くのはリスクがでかすぎる。だれかが救助を要請《ようせい》に行くっていうのが、現実的でしょう。まあ、それにしたってもう少し水が引かないと」

「昨日よりはかなり引いたように見えるけど」

外に目をやって小野がいうと、片桐は首を振った。

「この程度《ていど》じゃ。がれきも沈《しず》んでいるし、正直、数十メートル歩くだけでもきつかった」

片桐の言葉に井口《いぐち》がうなずいたところに、松永《まつなが》が入ってきた。

「あの、一弥《いちや》君、いませんよね」

と、部屋の中をぐるりと見まわす。

「向こうにいないんすか？」

……！

片桐は窓の外に目を向けて、まさかなと頭《かぶり》を振る。

いくらなんでも一人で外に出るなんて。そんな無謀《むぼう》なことをするはずがない。あたりまえだ。

「おれ、二階見てきます」

井口が部屋を飛び出していくと、片桐はまた外に目をやった。

いや、まさか。こんな中をだれが出て行こうと思う？　だいたいどこへ行くっていうんだ？

そう考えて、自分自身にアホかと毒《どく》づく。

なにも知らないじゃないか。おれは、あいつのことをなにも知らない。一弥《いちや》の家族も、生い立ちも。一弥という少年がなにを喜び、笑い、悩《なや》み、腹を立て、哀《かな》しむのか、なにもわかっていない。

わかるのは、おれを憎《にく》んでいるということ、それだけだ。

「いません！」

廊下《ろうか》から井口《いぐち》の声が響《ひび》いた。

背筋《せすじ》がすっと寒くなる。

空に灰色の雲が広がっている。

ガタガタガタ

きゃっ、

わっ、

小野《おの》と松永《まつなが》がしゃがみこむ。

向こうの部屋から草太《そうた》の悲鳴《ひめい》が聞こえる。

ゴゴゴーと地鳴《じな》りのような音と同時に、ぐらぐらと数秒間、横に揺《ゆ》れて、おさまった。

「今のはけっこう、でかかったっすね」

廊下から入ってきた井口の声も、気持ちうわずっている。

「一弥君」

そういった松永と目が合う。

くそっ、どこへ行ったんだ。一人で。なにかあったらどうするんだ。そんなことくらいわかるだろっ。

昨日、一弥に殴《なぐ》られた傷《きず》を指でなでた。

暗闇《くらやみ》の中で体を丸め、背を向けた一弥の姿《すがた》が目の奥《おく》に焼きついている。今にも消えてしまいそうに、ゆらゆらと頼《たよ》りなげに揺れるロウソクの炎のようだった。

もしかしたら、あいつ……。

片桐《かたぎり》は足を引きずるようにして部屋を飛び出した。二階まで下りたとき、階下から一弥が上がってきた。腹の辺りまでぐっしょりと濡《ぬ》れている。

安堵《あんど》と同時に、どうしようもない怒《いか》りがこみ上げてきた。

「おい！」

片桐は声を荒《あら》らげて歩みよると、胸《むな》ぐらをつかんだ。一弥はそれを払いのけると、くいと顔を上げてまっすぐに片桐を見た。

強く、意思《いし》のある瞳《ひとみ》をしている。その表情に、片桐《かたぎり》はどきりとした。こんな目をするやつだったのかと、息をのんだ。

「ど、どこに行ってたんだ」

一弥《いちや》はなにも答えず、片桐の手を振り払うと階段に足をかけた。

「待てよ」

腕《うで》をつかんだ拍子《ひょうし》に、一弥の服の中から泥《どろ》のこびりついたペットボトルが三本、音を立てて廊下《ろうか》に転がった。

「それどうしたんだ」

「はなせよ」

一弥は腕を振り、黙《だま》ってそれを拾うと、階段の上で心配そうな顔をしている松永《まつなが》に、黙ってペットボトルを渡《わた》した。

「えっ？」

「あいつらに」

「あいつらって……、草太《そうた》君と瑠奈《るな》ちゃん」

松永がいうと、一弥は視線《しせん》をそらしてこくりとうなずく。

「一弥君。これ、一弥君から渡してあげて。そのほうが草太君、よろこぶと思う」

視線をそらしたままなにもいわない一弥に、松永は短く息をついた。不器用《ぶきよう》な子……。

「ちゃんと渡すね」

黙ったまま階段に足をのせた一弥の背中《せなか》に、松永はいった。

「心配したんだよ、みんな。片桐さんなんて、青い顔してた」

6

健介《けんすけ》は昨日、渋滞《じゅうたい》が続く中、午前二時過ぎに荻窪《おぎくぼ》辺りまでたどり着いた。その先、環《かん》状《じょう》八号線から車両通行止めだったため車を降りた。

地図を見ると、汐浦《しおうら》までは距離《きょり》にして約十五キロ。どこへ行くのもバイクか車を使う健介には、十五キロを歩くということがイメージできなかった。予想では、もう少し先まで行けると思っていたが、それでも歩いて向かうことに少しのためらいもなかった。車がだめなら歩いて行けばいい。その覚悟《かくご》はあった。

街道《かいどう》沿いに新宿《しんじゅく》方面へ向かう。街灯《がいとう》は立っていても、どれも消えている。懐中電灯《かいちゅうでんとう》の明かりだけを頼《たよ》りに歩を進めていくと、途中《とちゅう》で遠くの空が明るんでいることに気づいた。一瞬《いっしゅん》、きれいだなと足を止め、次の瞬間、ぞくりとした。

燃《も》えている。街《まち》が燃えているんだ。

夜明けとともに、周囲《しゅうい》の状況《じょうきょう》が見え始めた。

道路のあちこちに車が乗り捨てられている。ガラスの破片《はへん》が道中に散《ち》らばり、看板《かんばん》やプランターが転がっている。地面には、亀裂《きれつ》が入って大きな段差《だんさ》をつくっている。電柱や信号機が軒並《のきな》み倒《たお》れ、マンホールがにょっきりと地上に飛び出している。倒壊《とうかい》した家がある。

第十二文丸

50

傾《かたむ》いたマンションの壁《かべ》には大きく稲妻《いなずま》のような亀裂《きれつ》が入っている。

都心《としん》へと進めば進むほど、状況《じょうきょう》は悲惨《ひさん》さを増していった。

目にしみるような焦《こ》げくさい臭《にお》いが立ちこめている。

夜明け前は、街《まち》に人の姿《すがた》はほとんどなかった。避難所《ひなんじょ》へ行っているのだろうとはわかっていても、どこか不気味《ぶきみ》だった。それでも日が上り始めると人の姿をポツポツ見かけるようになった。避難所で一夜を過ごした人たちが、街へ出てきたのだ。

パラパラパラパラ……

頭上でヘリの音が聞こえる。

自宅の前で座りこんでいる人がいる。

なにかを探して歩く人がいる。

がれきをどかして家の中に入ろうとする人がいる。

子どもなのかきょうだいなのか、妻《つま》なのか、恋人《こいびと》なのか、ひたすらに女の名前を呼ぶ男がいる。

これは、この光景は、現実なんだろうか。こんなことが本当に……。

十一時間、何度も迂回《うかい》しながらほとんど休まずに歩き続けた。ふくらはぎがパンパンに

張り、足の裏《うら》にできたマメが四つつぶれた。

午後三時。健介《けんすけ》はようやく汐浦《しおうら》にたどりついた。

丘の斜面《しゃめん》にゆるやかにつくられた階段を、健介は足を引きずるようにして上っていく。

「もう少し、あと少しだ」

この明海山《めいかいやま》公園の上に避難所になっているはずの防災福祉《ぼうさいふくし》センターがある。きっと多くの人が避難しているはずだ。

車に乗っている間に聞いたラジオの情報から、汐浦も津波《つなみ》でそうとうな被害《ひがい》にあっていることはわかっていた。けれど、それ以上のことはなにもわかっていない。

顔を上げると、視線の先に桜《さくら》の木が数本並《なら》んでいるのが見えた。どこからか子どもの声が聞こえる。

健介は階段にのせた足に力をこめた。

階段を上がりきると広場があり、右のほうに東屋《あずまや》のあるベンチが三つ並んでいる。そこに子どもが三人いるのが見えた。センターはその向こうだ。

健介はセンターへ行く前に、階段のわきにある展望台《てんぼうだい》へ足を向けた。

展望台からは、汐浦の町が一望《いちぼう》できる。

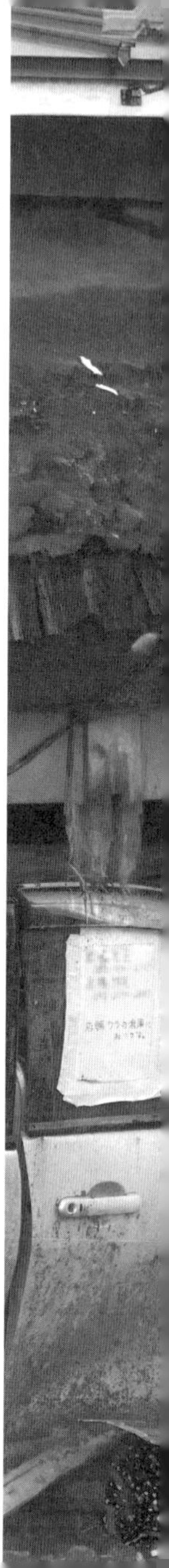

手すりにつかまって、重い足を持ち上げる。最後の一段を上がったとき声がもれた。

「なんだっ……」

ガクンと膝《ひざ》をつき、そのままへたりこんだ。

街《まち》がない。

家も、道も、緑もない。

海水にのみこまれ、水面には一面がれきが浮かんでいる。その中に腹を上に向けた車や横倒《よこだお》しになった車があちこちにある。ビルの横で座礁《ざしょう》し斜《なな》めに傾《かたむ》いた釣り船や、トタン屋根が浮いている。その中にぽつん、ぽつんと廃屋《はいおく》のようになった建物が残っている。

自分の目に映っていることが、信じられなかった。映画のセットでも見ているようだ。

これは、現実なのか？

家はどこへ行ったんだ？　店は？　公園は？

人は、どこにいるんだ？

突然《とつぜん》、死がリアルに迫《せま》ってきた。歯を食いしばる。

しっかりしろと、自分を叱咤《しった》する。

志穂《しほ》も一弥《いちや》も、生きている。そうだ、そうだろ、そうに決まってる。

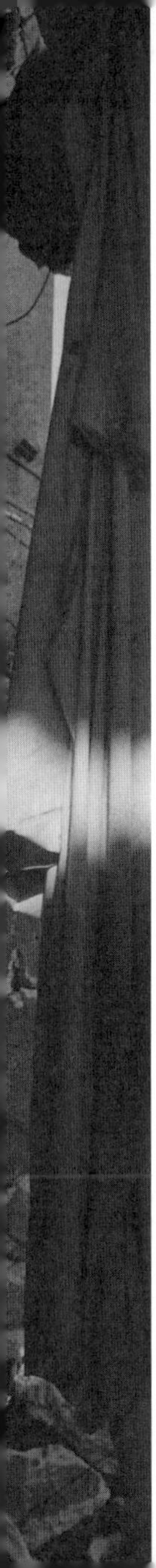

でも……。

ふたりとも生きているよな。生きていてくれ。頼《たの》むから。

「あの」

背中《せなか》から、女の声がした。振り返ると、紺《こん》のベンチコートにジーンズ姿《すがた》の女が立っていた。

コートの中に、サルの模様《もよう》の入ったオレンジ色のトレーナーがのぞいている。

「だいじょうぶですか？」

「え、あ、ああ、だいじょうぶです」

女は肩《かた》までの髪を揺《ゆ》らして、

「センターはすぐそこです。立てますか？」と首をかしげた。

腕《うで》に力を入れ、体を前に倒《たお》しながら立ち上がろうとしたけれど、腰《こし》に力が入らない。

「ちょっと、もうちょっとここにいます」

健介《けんすけ》が苦笑してみせると、女は目尻《めじり》を下げて優《やさ》しくうなずき、展望台《てんぼうだい》を下りていった。

「頼《たの》むよ……」

健介《けんすけ》は手を腰《こし》にあてた。腰が抜《ぬ》けた、のだ。情《なさ》けなくて泣きたくなる。

広場に目をやると、さっき見た四、五歳くらいの子どもたちが、ベンチの上にジュースの缶をいくつも積み重ねていた。そして、三つの建物らしきものができると、ベンチを揺《ゆ》すり始めた。

カコン、コンコーン
積まれた缶は音を立てながらベンチの下に転がった。すると子どもたちはまた同じように積み重ねてベンチを揺する。

あっ……、地震《じしん》だ。地震のまねをしているんだ。

こぶしをギュッと握《にぎ》った。

そんな遊びをするな、やめろ。

ザザザッと風が吹く。葉を揺らす音をかき消すようにビヨォー、ビヨォーと高く低く悲《ひ》鳴《めい》を上げて通り抜けていく。

まるで人の悲鳴のようだ。健介は両手で耳をおおうようにして顔を伏《ふ》せた。

どれくらいそうしていたのだろう。ふいに、とんと背中《せなか》をたたかれた。

「これどうぞ」

さっきの女だった。差し出された紙コップから白い湯気《ゆげ》がふわりと立つ。

「どうも」

コーヒーの香《こう》ばしい匂《にお》いに、大きく息をつく。

あったかい……。一口飲んで、うまいとつぶやく。

「どちらから避難《ひなん》してきたんですか」

そういって女は健介のとなりに座った。

「家は、大江地区《おおえちく》です。昨日、山梨《やまなし》へ行っていて、それで」

健介は、紙コップを両手で包むようにして視線を落とした。

「妹と甥《おい》を捜《さが》しに」

「じゃあ早くセンターに」

「いえ、いないと思います。ここは距離《きょり》があるんで」

女は健介を静かに見た。

「他の避難所《ひなんじょ》の情報も、きっと入ってくると思います」

化粧気《けしょうけ》のない顔にオレンジ色のトレーナーというていでたちから、一見、若《わか》いのかと思ったが、あんがいそうでもない。志穂《しほ》とそう変わらないかもな。そんなふうに思ったのは、広場で遊ぶ子どもたちを見つめる彼女の横顔が、一弥《いちや》を見る志穂の表情とダブったせいかもしれない。

「うちの子たちなんです。あの子たち」

「おいくつですか？」

「四歳です」

「三人とも？　じゃあ三つ子ですか」

「……」

女は切れ長の大きな目で健介《けんすけ》を見て、二度まばたきをしてからクスッと笑った。

「ごめんなさい、そうじゃなくて、うちの子っていうのは、うちの保育園の子ってことです」

「あ、ああ、そうか。なるほど」

保育士、それでその格好《かっこう》なのだと合点がいった。

「私、おひさま保育園の保育士なんです」

「じゃあ、子どもたちを連れてここへ？」

「はい。三十五人つれて避難《ひなん》してきました」

「みんな無事で？」

「怪我《けが》人もなしです」

「よかった」

「はい」

健介は一度、紙コップに視線を落とした。

「親御《おやご》さんたちはむかえに来られたんですか」

「昼までに二十三人は。あと十二人は連絡がありません」

「待っている子たちは、不安でしょうね」

「お母さんたちも同じだと思います。早く会わせてあげたいです」

そういって、まっすぐに子どもたちのほうを見た。

「それまで絶対に守ります」

「……大変な、お仕事ですね」

健介の言葉に女はうなずいた。

「ええ。保育士ってすごく大変なんです」

照《て》れたように笑みをうかべ、髪に手をあてる。

「でも、子どもに救《すく》われることも、気づかされることもたくさんあるんです」

見て、というふうに指をさして立ち上がった。

「あの子たち、さっきからああやって缶《かん》を重ねては崩《くず》してをくり返しているんです」

「地震《じしん》のまね、ですよね。なんだか痛《いた》ましいというか……」

「ああやって、自分の中でくり返して、恐怖《きょうふ》を乗り越《こ》えようとしているんだと思います」

「くり返すことで？」

「はい」

「そんなことをしていたら、忘《わす》れられないじゃないですか……。辛《つら》いだけでしょ」

「でも、忘れられないでしょ？　目をそむけても、逃《に》げても」

そういって、「私もわかりませんけど」と苦笑した。

「だれに教えられたわけでもないんですよね。だから子どもってすごいなって思うんです。生きるために必要なことを本能《ほんのう》で知っている」

「……」

「すみません、あたしってば。そろそろセンターに行きませんか。風が出てきましたから」

広場に向かって手を振った。

「お部屋に入りますよー」

その声に子どもたちはぱっと振り返り、「ミナせんせー」と手を振る。保育士は階段を駆《か》け下りると、そのまま広場の真ん中まで行って、駆けてくる三人を抱きとめた。

「一緒《いっしょ》に行きましょ！」

保育士が振り返って健介《けんすけ》に声をかけると、一人の子がタタタッと展望台《てんぼうだい》に駆け上がってきた。

「いこっ！」

男の子の小さな手が、健介の手を引いた。握《にぎ》った手を左右に振り、「いこー」とくり返す。

「よし。行こう」

今度は自然に立ち上がれた。

すっかり冷めたコーヒーを喉《のど》に流しこみ、その小さな手を握《にぎ》り返した。冷たいはずの手が、温かく感じた。

岡田《おかだ》がいったとおり、夕方から雨が降り出し、夜がふけてくると雨音は強くなった。

川はだいじょうぶだろうか。

片桐《かたぎり》は東京湾《とうきょうわん》に流れこむ運河《うんが》が気になっていた。

二十四年前に起きたあの震災《しんさい》のとき、宮城県《みやぎけん》の北上川《きたかみがわ》をはじめ多くの川で津波《つなみ》が遡上《そじょう》した。今回の地震《じしん》とあのときの地震の規模《きぼ》がどの程度《ていど》ちがうのかはわからない。ただ、これだけの被害《ひがい》だ、同じようなことが起きている可能性は低くない。

だとすると、この雨でまた……。

窓の外を見る。降りしきる雨の中に、くたびれた中年おやじが映っている。

なんて顔をしてるんだよ。

窓ガラスに映った顔がわずかにゆがむ。

さっきから少し悪寒《おかん》がする。こんなときに風邪《かぜ》なんてひいてる場合じゃないんだよ。両手で頬《ほお》をたたいた。

部屋の中は、静かだった。ロウソクの明かりがひとつ、ぽーっと灯っている。その中に、一弥《いちや》の姿《すがた》を確認《かくにん》して思わず頬がゆるんだ。

一弥は、部屋の隅《すみ》に横倒《よこだお》しにしてある書類棚《しょるいだな》と壁《かべ》との間にできた隙間《すきま》で、座ったまま目をつぶっている。その一弥に、草太《そうた》が甘《あま》えるようにもたれて眠《ねむ》っている。草太が胸《むね》に大事そうに抱《かか》えているのは、一弥がどこからか持ってきたオレンジジュースのペットボトルだ。一弥のことはなにも知らない。もともと優《やさ》しい子なのかもしれない。ついほんの数時間前までの一弥は、草太のことなど目にも入っていないようだった。その一弥が、だれかのために飲みものを探しに行き、甘えるようにもたれかかる草太を黙《だま》って受け止めている。

これからどうなるのか見当もつかない。避難所《ひなんじょ》へ行けたとしても、先のことは皆目《かいもく》わからない。考え出すと不安と恐怖《きょうふ》でおしつぶされそうになる。

でも、でも、と思う。

小さくて消えそうな明かりだけど、一弥は明かりを見せてくれた。できることをひとつひとつやっていくしかない。足元にあることを、目の前にあることを、あきらめず、ひとつひとつだ。

生きていればきっと……。

寒いな。肩《かた》を丸めて、壁《かべ》に体をおしつける。なんでこんなに寒いんだ。手が震《ふる》え、歯がガチガチと鳴る。視界がぼやけてくる。まぶたが重い……。横になろう。少し横になればだいじょうぶだ、だいじょうぶ……。

ずずずと、壁にもたれるようにして床《ゆか》に体を横たえた。

7

三日目の朝は、激《はげ》しい雨だった。

目が覚めると一弥《いちや》は、書類棚《しょるいだな》の向こうに目をやった。草太《そうた》が厚木《あつぎ》の膝《ひざ》の上で、ペットボトルを抱《だ》いたまま寝息《ねいき》をたてている。ぷっくりとした頬《ほお》に涙《なみだ》のあとをつけながら、口元をくちゅくちゅ動かしている姿《すがた》に思わず目を細めた。

四歳なんて、まだ、赤ん坊みたいなもんだもんな。

昨日も余震《よしん》のたびに目を覚まして、おびえてた。最初はおれのとなりで眠《ねむ》ってたけど、気がついたらじいさんのところへ行っていて……。一昨日《おととい》のような、叫《さけ》ぶような泣きかたじゃなかったけれど、余震のたびにじいさんにしがみついて、何度も泣きながらママ、ママと呼んでいた。

昼間はうっとうしいくらいにくっついてくるのに、いざとなるとやっぱり、じいさんなんだ。

あたりまえだとわかっていても、あのやわらかくあたたかい存在《そんざい》がとなりにいないことにさびしさを感じた。そんな自分に気がついて、とまどった。人に依存《いそん》することもされることも絶《た》ってきたつもりなのに。関わったら苦しいだけなのに、求めてなどいないはずなのに。

さびしいってなんだよ……。

そっと立ち上がって、窓の外を見た。

雨音が静かに響《ひび》いている。

水が増えている。

昨日、飲みものを探しに出たときは、腰《こし》の辺りまで引いていたのに。これじゃあ自力で避難所《ひなんじょ》まで移動するなんて、無理だ。

空は分厚《ぶあつ》い雲でおおわれている。

これを、だれか見つけてくれるだろうか。

窓の外にはカーテンがつるしてある。松永《まつなが》や中西《なかにし》たちが、マジックで大きくＳＯＳ《エスオーエス》と書いて外に下げたのだ。ＳＯＳの文字の下にある黒いいびつな形の楕円形《だえんけい》は、草太が描いた。

「なんで、うんこ？」

井口《いぐち》が見たままの感想を口にして、草太にすねられていた。どうやらハンバーグだったらしい。

ぎゅるると腹が鳴る。腹減《へ》った……。まともなものはもう丸二日食べてない。最後に食べたのは、かあさんのシャケのにぎりめしだ。

――レタスチャーハン作ってあげようか。下に降りてらっしゃいよ、かあさんもお昼まだなの
あの日、仕事を早退《そうたい》して帰ってきたかあさんは、一緒《いっしょ》に食べようといった。そんなことをいうのは久しぶりだった。部屋にこもったばかりの頃は、出てこなかったらごはんは食べさせないといって、本当に四日間、かあさんは食事を作らなかった。

こっそり弁当を差し入れてくれたおじさんを怒鳴《どな》っていたのも聞こえていた。それでもがんとして部屋を出なかったおれに、かあさんは部屋に食事を運んでくるようになった。「ちゃんと食べなさいよ」とだけいって。あとはなにもいわなかった。

それがあの日、一緒に食べようといった。どうしてかあさんがそんなことをいうのかわからなかった。とまどって、苛《いら》ついた。

三回、かあさんはドアの外から「ごはん食べにおいで」といって、四回目に、「ちゃんと食べなさいよ」に変わった。

ドアを開けると、にぎりめしが三つ置いてあった。

そのあと、地震《じしん》が起きた。

昼飯くらい一緒に食えばよかった。なんでドアを開けなかったんだろう。どうしてもいやだったわけじゃない。拒《こば》むほどのことじゃなかった。

なにも話さなくたって、顔を見なくたって、下へ行って一緒に食って、たったひと言、いえばよかった。

「ごちそうさま」って、ひと言。

かあさん、食ったかな……。昼飯、食ったのかな。

キュッとしぼられるように胸《むね》の奥《おく》が痛《いた》む。喉《のど》が熱くなる。強く握《にぎ》った右のこぶしを左手で包むようにして、握《にぎ》り、片桐《かたぎり》を殴《なぐ》ったときにできた傷《きず》に、爪《つめ》を立てた。

痛みで気をまぎらわす自分を情《なさ》けないと思う。だけど、今泣いたら、一度泣いてしまったら、もう立っていられなくなる。きっと、立ち上がれなくなる。

キュッキュッとパーカーの裾《すそ》をうしろから引っ張られて振り返ると、草太《そうた》が一弥《いちや》を見上げていた。

「どっかいたいの？」

「えっ……」

草太がまっすぐに一弥を見る。

「ママにあいたいの?」

「なんでおれが、」

「そーたん、ママにあいたい」

草太《そうた》の目から、ぼろっと涙《なみだ》がこぼれた。大きな涙の粒《つぶ》。黒目が大きいと、涙も大きくなるのだろうかと、どうでもいいことを考えた。

「会えるよ」

「ほんと?」

「ほんと。マジで」

草太は一弥《いちや》を見て、涙のあとをつけたまま顔を崩《くず》して笑った。

「草太」

顔を上げると、厚木《あつぎ》が怒《おこ》っているような顔で〝おいで〟と草太に手を動かし、一度するどい視線を一弥に向けた。

なんだよ、なにが気にくわないんだ。なんでそんな目でおれを見るんだよ。

だからいやなんだ。いちいち不快《ふかい》になって、腹を立てて、不安になって……。

廊下《ろうか》に出ると、コンッ、と小さな音を立てて半透明《はんとうめい》のプラスチック製《せい》のものが転がってきた。一弥の足元でくるんくるんと回り、ぱたっと倒《たお》れた。

乾《かん》パンの缶《かん》のふただった。なんでこんなものが？　と拾い上げると、給湯室《きゅうとうしつ》から中西《なかにし》が出てきた。

「それ」

おびえるような血の気のない顔で、一弥に向かって手を伸《の》ばした。その手が震《ふる》えている。理由は聞くまでもなかった。その様子を見ればだれにだってわかる。

食べたんだ。

みんなで分け合っている食料を、一人で。空腹に耐《た》えきれず。

許《ゆる》されないことだと思う。だけど、不思議となんの怒《いか》りも湧《わ》かなかった。ただ目の前でおびえて、震えているおばさんのことが、哀《あわ》れだった。

盗《ぬす》み食いなんて、地震《じしん》が起きなかったら、津波《つなみ》さえ起きなかったら、一生しなかったんだろうな。

一弥はなにもいわず、ふたを中西の手にのせた。

腹を減《へ》らすことはあっても、食おうと思えばいつでも食うことができた。まわりには食べるものがあふれていて、それがあたりまえだった。飢《う》えなんて、食べものが底をつくなんて、そんな恐怖《きょうふ》を感じたことなんてない。

中西《なかにし》はふたを手にすると、「食料のね、確認《かくにん》をしていたの」と、顔をひきつらせて笑う。

醜《みにく》かった。

ごまかそうとか、守ろうとか、そんなことしなくていい。してほしくない。ごめんってひと言いえばいいのに。言葉にできなくたって、思っているだけだっていい。なんで笑うんだよ……。

中西のゆがんだ笑みがすっと消えた。中西は、落ち着きなく視線を動かし、給湯室《きゅうとうしつ》に足を向けた。そのとき、向こうの部屋から草太《そうた》の声が聞こえた。

「あの、」

一弥《いちや》の声に、中西がおびえたように振り返る。

少し、草太に分けてよ……。

あんなに軽くて小さいやつが、眠《ねむ》りながら頰《ほお》に涙《なみだ》のあとをつけるようなチビががまんしている。自分の乾《かん》パンまで、ネコに食わせようとしてるんだ。いいだろ、あんただって勝手に食ったんだから。

そういいそうになった。

うそだ。草太のためだなんてうそだ。草太が喜ぶ顔を見て、おれが楽になりたい、気分よくなりたいだけだ。草太のためなんかじゃない。

一緒《いっしょ》だ。おれはこのおばさんと同じことをしようとした。

「なんでもない」

ぎゅるりと一弥の腹が鳴る。

中西は一弥のパーカーのポケットに手をすべらせた。

えっ？　手を入れると、乾パンが数個入っている。顔を上げると、にやりとした中西の顔があった。

なんなんだよ、なんなんだよ、これは……。

カーッと全身が熱くなる。

「ふざけんなっ！」

乾パンをつかみ、一弥は中西に投げつけた。

中西が、「ひぃ」としゃがみこむ。

「どうしたの!?」

部屋から飛び出してきた松永《まつなが》は、床《ゆか》に散《ち》らばった乾パンと中西を見て、あとから出てきた井口《いぐち》たちを部屋へおしもどした。

「だいじょうぶ、ここは私にまかせてください。ね、ほらほら」

松永《まつなが》はふーっと長い息をついて振り返ると、一弥《いちや》の背中《せなか》を二度さすった。

「中西《なかにし》さん、もうちょっとのがまんです。がんばりましょう」

そういって床に散らばった乾パンを拾い集めて、「これ、ネコちゃんならいけるよね」

と小さく笑った。


「トラブル続きっすね」

井口が廊下《ろうか》に目を向けてつぶやき、あれっとまわりを見渡す。

「片桐《かたぎり》さん、まだ寝《ね》てるんすか」

小野《おの》と岡田《おかだ》が顔を見合わせる。

「遅《おそ》くないっすか」

井口が立ち上がり窓際に行くと、机の陰《かげ》で片桐が体を丸めるようにして横になっていた。

「片桐さん」

声をかけても反応がない。

顔をのぞきこむと、一弥に殴《なぐ》られたあとが赤紫《あかむらさき》色に変色して痛《いた》いたしい。井口は思わず顔をしかめた。

——関係？　いや、別に知り合いでもなんでもないよ。

一弥君とのことを聞いたとき、片桐さんはそういった。

「マジっすか？」というと、片桐さんは「マジだよ」と笑った。それから、ふっと笑いが消えて、地震《じしん》のあと、半壊状態《はんかいじょうたい》の家にいた一弥君を連れ出して、津波《つなみ》から逃《に》げてここへ来たのだといった。

正直、驚《おどろ》いた。一弥君を見ているときの片桐さんは、少なくとも初対面の見ず知らずの他人を見る顔じゃない。なんだろう、もっともっと……、そう親が子どもを見つめるような、そんな目だ。でも一弥君はちがう。ぜんぜん逆だ。まるで、憎《にく》んでるやつでも見るような目でこの人を見ている。

一緒《いっしょ》に避難《ひなん》した、ただの他人をあんな目で見るか？

片桐さんに殴りかかったときもそうだ。あの子は本気だった。本気で憎んでいる目をしていた。

なんなんだよ。なにがあったっていうんだ、二人に。

ふぅ、と井口《いぐち》がため息をついたとき、ううっとうなるようにして、片桐《かたぎり》が体を動かした。

まぶしそうに目を開けて、目の前にいる井口の顔をいぶかしげに見る。

「そっちの趣味《しゅみ》はないぞ」

片桐の言葉に井口は「へ？」と間の抜《ぬ》けた声を出して、あわてて手をばたつかせた。

「お、おれだってそういう趣味《しゅみ》なんかないっすよ！　やだなぁ、もう」

「ジョークだよ」

「やめてくださいよ、片桐さんってそーいうキャラなんすか？　ジョークなんて熱でも」

そういってふざけ半分にのばした手が、片桐の額《ひたい》にふれた。

えっ？

井口の表情が固《かた》まる。

熱い。うそだろ、冗談《じょうだん》きついって……。

指先から思ってもみない熱が伝わってきて、井口は言葉につまった。

片桐が床に肘《ひじ》をつきながら、体を起こして井口を見た。

「松永《まつなが》さんたちに、向こうの部屋、開けてくれるように、頼《たの》んでくれないか」

「……」

「ひと晩寝《ばんね》れば、治ると思ったけど、もしかしたら、インフルエンザかもしれない」

話をするだけで、胸《むね》がぜこぜこと音を立てる。

「とにかく、他の人に、うつさないようにしないと」

「片桐さん」

「悪いな、迷惑《めいわく》かけて」

小さく左右に頭《かぶり》を振り、井口は立ち上がった。


片桐は、深く息をつき、目をつぶる。息が熱い。まぶたの裏《うら》に、奇妙《きみょう》な模様《もよう》がちらつき、それが迫《せま》り、のみこまれそうなおかしな感覚《かんかく》にとらわれる。

——おとーちゃん、ショウね、目の中にへんな模様があるの。

すぐに高熱を出す翔《しょう》は、熱を出すたびにそういってぐずった。熱などほとんど出したことのなかった片桐には、息子のいうことがよくわからず、「寝《ね》なきゃ治らないだろ」と、眠《ねむ》りたくないという翔の顔をそっとなでながら目を閉《と》じさせた。

もっともっと話を聞いてやればよかった。そばにいて、とーちゃんが守ってやるからだいじょうぶだといってやればよかった。それだけのことがなんでできなかったんだろう。

ふう、と息を吐《は》き出す。

昔のことばかりが頭に浮かぶ。後悔《こうかい》ばかりが湧《わ》いてくる。今さらこんなことを考えたってしかたがないのに……。アホだな、おれは。

体の節々《ふしぶし》が痛《いた》い。ほんの少し動かすだけでも、ギシギシと音が聞こえるようだ。

背中《せなか》を壁《かべ》に預《あず》けて、大きく息を吸《す》う。

まもなく、廊下《ろうか》から声が聞こえてきた。

「あの」

聞き覚えのない声に顔を上げると、若い女の子がいた。トタン屋根の上にいたあの子だ。名前は、なんとかルナ…。一弥《いちや》より一つ年上だと松永《まつなが》がいっていた。

瑠奈《るな》は心配そうな顔をして片桐《かたぎり》のとなりにしゃがみ、「すみません」と消えそうな声でいった。

「私のせいで熱を」

「そうじゃない」

「でも」

「あの程度《ていど》で。もともと、風邪気味《かざぎみ》だったんだ」

「……」

ヒューヒューと胸《むね》でいやな音が鳴る。

「きみは？」

「だいじょうぶです」

一晩中あの寒さの中にいて、かなり衰弱《すいじゃく》していた。それでも一日休んでいれば回復《かいふく》する。やっぱり若さだな、と片桐は苦笑する。それから、じっと瑠奈を見た。

「よく、一人で、がんばったな」

「……」

「うつるといけないから、もう、行きなさい」

「……早く、よくなってください」

瑠奈は髪を揺《ゆ》らして頭を下げる。片桐が笑ってみせると、ほっとしたのか唇《くちびる》がやわらかく動き、白い歯がのぞいた。腰を上げて深くお辞儀《じぎ》をしてから、背中《せなか》を向けた。

若いんだな。瑠奈のうしろ姿《すがた》を見てあらためて思う。なにがと問われたら、うまくいえない。けれど、体の内側から発せられる、にじみ出るような力にある種《しゅ》のたくましさを感じた。それがうらやましくもあり、残酷《ざんこく》なことのようにも感じた。

「ひとりで平気っすか？　おれ、ここにいますよ」

そういう井口《いぐち》に、片桐《かたぎり》は首を横に振った。

「若くて、体力のあるやつが、これから、絶対に必要になる。もし、救助《きゅうじょ》が来なかったら、だれかが、助けを呼《よ》びに、行かなきゃ、いけないんだぞ。だろ」

「でも……。じゃあ、なんかあったら呼んでくださいよ。それからこれ。水分はちゃんととることとって、松永《まつなが》さんからっす」

井口はミネラルウォーターを片桐のそばに置いた。

「ありがとう。……それと、頼《たの》んで、いいかな、あいつのこと」

「一弥《いちや》君のことっすか」

「ん。気に、かけてやって、ほしいんだ」

「いいっすよ、ぜんぜんオッケーっす」

「悪いな」

井口がクッと笑う。

「片桐さん、一弥君の保護者《ほごしゃ》っすね」

片桐はなにかいおうとしてそのまま口をつぐみ、目を閉《と》じた。

「松永さん」

給湯室《きゅうとうしつ》で乾《かん》パンと水を分けていると、小野《おの》が無精《ぶしょう》ひげの生えたあごをこすりながら入ってきた。

「はい」

「食料と水はあとどれくらい？」

「あと一日分ぎりぎりですね。乾パンもですけど、水が。とにかく片桐さんには水分をとってもらわなければいけませんし」

小野が低くうなる。

「せめて、雨がやめばなぁ」

「そうですね」

松永が乾《かん》パンを紙箱に分けていく。一人、六個。昨日より減《へ》っているのを見て小野がため息をつく。

「さっきのことといい、一昨日《おととい》のことといい、あの子はいったい」

「小野《おの》さん！」

松永《まつなが》の声と同時に、がたっと音をさせて、食器棚《しょっきだな》の向こうからふらりと一弥《いちや》が立ち上がった。

小野は気まずそうにミネラルウォーターを手にした。

まさか一弥がそこにいるとは思ってもみなかったのだ。

「さ、向こうへ行って食べよ。一弥君、そこの紙コップお願い」

「おれ、あのおばさんと同じ部屋にいるつもりないから」

松永は手の動きを止めて「しかたがないな」と笑って紙箱を一つ、一弥に手渡した。

給湯室《きゅうとうしつ》を出て行く松永のあとを、小野があわててついていく。

「なんであの子があんな所にいるんだ」

「ほかにいる場所がないんですよ」

「それにしたって、少しはがまんするとかできんのかね。今の若いもんは甘《あま》やかされて育っているから」

松永は足を止めて小野を見た。

「ん？」

「一弥君、そんな子じゃないと思います。ずぶぬれになって飲みものを探しに行って、草《そう》太《た》君と瑠《る》奈《な》ちゃんにあげてくれっていっただけで、三本とも私に預《あず》けたんです。あの子、自分の分は取ってないんですよ」

「それは」

「さっきのことだって、理由はわかりませんけど、一弥君は悪くないと思います。見ればわかります」

「……」

「中学生なんです。本当は、まだ守られるはずの子どもなんです。でも、今一弥君は」

小野は「まいったな」といいながらあごに手をやり、じょりじょりと音をさせた。

8

明海山公園《めいかいやま》は、埋《う》め立て地につくられた人工の丘《おか》だ。その丘に鉄筋《てっきん》コンクリートづくりの三階建ての防災福祉《ぼうさいふくし》センターがある。日ごろは地域《ちいき》の公民館《こうみんかん》としても使われているが、災害時《さいがいじ》には避難所《ひなんじょ》として機能《きのう》できるようになっている。

一階はホールと災害センター、救護室《きゅうごしつ》、調理室《ちょうりしつ》があり、二階、三階には四十畳《じょう》の研修《けんしゅう》室《しつ》と二十畳ほどの部屋がそれぞれ四部屋ずつある。収容《しゅうよう》人数は三百人だが、実際《じっさい》にはもう少し収容できる。現在、二百人ほどが避難している。

隣接《りんせつ》する倉庫《そうこ》には、三百人が一週間生活できるだけの食料や毛布などがそろっていた。ただし、暖房器具《だんぼうきぐ》は石油ストーブしか使えなかったため、子どもや高齢者《こうれいしゃ》、病人のいる部屋にだけ設置《せっち》された。

健介《けんすけ》は水や食料品の運び出しなどを手伝いながら、午前中をやり過ごした。

志穂《しほ》と一弥《いちや》の家がある大江地区《おおえちく》は、桜山《さくらやま》公園にあるタワーが避難所になっている。だからここに二人がいるとは最初から思っていなかった。それでも、いないとわかっていても避難者名簿《めいぼ》に名前がなかったときは、自分でも信じられないくらい気持ちが落ちた。

昼過ぎ、他の避難所の情報がつぎつぎに入ってきた。ケータイをはじめとした通信インフラのトラブルは続いていたが、汐浦《しおうら》の三カ所の避難所《ひなんじょ》には、衛星電話《えいせいでんわ》と業務用《ぎょうむよう》の無線通《むせんつう》信《しん》システムが備《そな》えてあるため連絡《れんらく》を取り合うことができる。

昼過ぎに避難所別に避難者リストが貼《は》り出されると、ホールは人でごった返して一時異《い》様《よう》な空気になった。よかったと手を合わせる人、何度も何度も見直し、ため息をつく人、その場にしゃがみこみ涙《なみだ》する人……。

名前があるか、ないか。喜びと祈《いの》りと不安と絶望《ぜつぼう》がホールでない交《ま》ぜになっている。それでも、名前を見つけて歓声《かんせい》を上げ、喜びをあらわにする人は一人もいなかった。だれもが、哀《かな》しみや不安に敏感《びんかん》だった。

しばらくして人が引いていくと、健介《けんすけ》はホールに入っていった。

ついさっきまでごった返していた避難者リストの前には、四十歳前後の疲《つか》れた顔をした男と、赤ん坊を抱《だ》いた若い母親がいるだけだった。二人とも黙《だま》ってリストを目で追っている。

左側の紙に書かれているのは、明海山《めいかいやま》公園の避難者リストだった。そのとなりに桜《さくら》公園にある津波《つなみ》避難タワー、羽波《はなみ》避難所の津波避難タワー、そして一次避難所の朝日《あさひ》小学校や大江《おおえ》第一中学校などのリストが並《なら》べて貼り出されている。

早く確かめたい。この目で見て、無事を確認《かくにん》したい。そんな気持ちと同じ分だけ、見たくないという思いもあった。

もしも、名前がなかったら……。

足がすくむ。指先が震《ふる》えていることに気づいて、ギュッとこぶしを握《にぎ》る。

なにやってんだよ、おれはなにをしているんだ。

こぶしに力を入れる。

おれが信じないでどうする。絶対《ぜったい》にある。あるに決まってる。

つばを飲み、一歩、もう一歩と歩を進める。

だいじょうぶ、絶対にある。

長い息を吐《は》いて、顔を上げた。

健介は、二人がいる可能性の低い避難所から名前をなぞった。もしも、近所の朝日小学校や桜公園の避難タワーに名前がなかったら、冷静《れいせい》ではいられない。絶対に二人の名前を見落とさないようにチェックしていくには、可能性の低いところから確認していったほうがいい。

なんて……、本当は、単に怖《こわ》いからだ。怖いから確かめる勇気がない。

いるはずの場所に名前がなかったら、そう考えると怖《こわ》くてたまらない。

「どうですか？」

振り返ると、昨日の保育士が立っていた。

「あ、どうも」

「お手伝いしましょうか」

「へっ？」

「私も一緒《いっしょ》に捜《さが》しましょうか」

「いえ、だいじょうぶです」

「でも」

「本当に」

「……すみません、お節介《せっかい》でした。これだから私、だめなんだな。ついやっちゃうんです、お節介。それであとで迷惑《めいわく》だったたって気づくんです」

「いや……」

「友だちにいわれたことがあるんです。わかってるのに、またやっちゃうんですよね」

そういって、苦笑する。

「そんなことは、ぼくは、いやな気はしませんでしたよ」

「ほら、また気を使わせちゃった」

こぶしでコンコンと頭をたたく彼女を見て、健介《けんすけ》はぷっと吹き出した。きょとんとする彼女に「ごめんごめん」といって、健介は顔を上げた。

「野島志穂《のじましほ》と野島一弥《いちや》です。妹と甥《おい》を捜しています。一緒に捜してもらってもいいですか？」

彼女は二度まばたきをして、「はい！」と明るい返事をした。

「私、北川美菜《きたがわみな》といいます」

「ぼくは野島健介です。よろしく」

「よーし、じゃあ私、羽波《はなみ》から捜しますね。こういうの得意《とくい》なんです」

「こういうの？」

「『ウォーリーをさがせ』とか。子どもと競争しても負けないんです！」

胸《むね》を張る美菜がおかしくて、健介はこぶしを口にあてて「よろしくお願いします」といった。

へんだ……。

午後になって片桐《かたぎり》は体の異変《いへん》に気づいた。寒いはずなのに妙《みょう》な寝汗《ねあせ》をかき、首筋《くびすじ》が張っている。熱のせいかとも思っていたが、なにかがちがう。

喉《のど》が張りつくように渇《かわ》いていた。重たい体を無理やり起こし、水を口元に持っていってがく然とした。

口が動かない。上下の歯ががっちりとかみ合わさったまま、口が開かない。言葉を発しようとしてもどうにもならない。

「片桐さん、入りますね」

昼間でも雨で薄暗《うすぐら》い部屋の中に懐中電灯《かいちゅうでんとう》の明かりがさして、松永《まつなが》の声がした。

「片桐さん？」

返事がないことに眠《ねむ》っていると思ったのか、明かりが廊下《ろうか》のほうをさす。

片桐はとっさに、手元にあったペットボトルを床《ゆか》に倒《たお》した。

ゴゥンという音に、明かりがすっと部屋の中にもどってくる。

懐中電灯の明かりが床を這《は》い、そろりと顔にあたる。思わず片桐は目を細めた。

「片桐さん？」と小声でいいながら部屋の中へ入ってきた松永が、倒れたペットボトルを手に取った。

「どうかしました？」

返事のかわりに、片桐はううっと喉《のど》を鳴らして口元をさわり、右手で床をたたいた。

その様子に、ただ事でない気配を感じて、松永は息をのんだ。

「ちょっと待っていてくださいね。すぐに中西《なかにし》さんを呼《よ》んできます」

松永はとなりの給湯室《きゅうとうしつ》に駆《か》けこみ、流しの向こうでうずくまっている一弥《いちや》の手を引いた。

「来て」

「えっ？」

「いいから、片桐さんの様子がおかしいの」

「おかしいって」

「口が、きけないみたいで。中西さんを呼んでくるから、一弥君、あの人のところについていてあげて。お願いね」

「なっ……」

松永がバタバタと出て行った。

なんでおれが、なんだってあいつに付きそわなきゃならないんだ。口がきけなかろうと、目が見えなかろうと、耳が聞こえなかろうと、関係ない。

一弥《いちや》は床を蹴《け》り、壁《かべ》に背中《せなか》をおしあてた。


「だから無理っていってるでしょ。私は医者じゃないんだから」

思わぬ中西《なかにし》の反応に松永《まつなが》はとまどった。

部屋中の視線が集まる。

「できる範囲《はんい》でいいんです。なにか他の病気だったら」

「だから……。だいたい薬もなにもないのにどうしろっていうの！」

中西が声を荒《あら》らげると、敷物《しきもの》のダンボールに絵を描いていた草太《そうた》の手がピタと止まった。

体をこわばらせ、小刻《こきざ》みに体を震《ふる》わせる。

「大きな声を出さんでくれ」

厚木《あつぎ》が草太を抱き、しぼり出すようにいうと、中西はぎろりと厚木をにらみつけた。

「それはこっちのセリフですよ。余震《よしん》のたびにギャーギャー泣かせて。迷惑《めいわく》ったらないんだから！」

「なっ！」

「やめてください」

松永が静止《せいし》する。

「今は片桐《かたぎり》さんのことです。来てくれればわかります。おかしいんです」

そういって腕《うで》をつかむと、中西はパッと振り払い、薄《うす》く笑う。

「熱が高いからでしょ。インフルエンザよ、たぶん。さっさと隔離《かくり》して正解だったじゃない」

「おい！」

「井口《いぐち》君」

中腰《ちゅうごし》になった井口を松永がなだめる。

「だけど」

わかってるから、と松永はうなずきもう一度、中西を見つめる。

「お願いします。私ではなにもわからないし」

「あの」

部屋の隅《すみ》で、瑠奈《るな》がおずおずと立ち上がった。

「お願いします。私のせいなんです。あの人になにかあったら、私」

そういって頭を下げる瑠奈《るな》に松永《まつなが》が優《やさ》しく微笑《ほほえ》みかける。と、中西《なかにし》が顔をゆがめ、声をもらしながらしゃがみこみ、両手で顔をおおった。

「中西さん」

松永が手を握《にぎ》ると、中西は静かに顔を上げた。その表情に目を疑《うたが》った。笑っている。

中西は口元にこぶしをあてて、おかしそうに笑っていた。

「あなた、松永さん、もうやめたら？　見ていてこっちがはずかしくなるわ」

「……」

「だれにでも親切で、面倒見《めんどうみ》がよくて、公平《こうへい》でって……。偽善者《ぎぜんしゃ》」

抑揚《よくよう》のない声に、さすような視線に、松永は思わず握っていた中西の手をはなした。

「自分に酔《よ》ってるだけなのよねぇ。自分よりも他人を大切にする人なんて、いないでしょ」

「中西さん……」

「いっちゃいなさいよ。私はべつにあんたに弱みを握られたなんて思ってないから。おなかが減《へ》っていたのよ。だから食べた。自分を守ったの。人のことなんてかまってられないの、当然でしょ」

ざわりと空気が動く。

井口《いぐち》が身を乗り出し、小野《おの》は首をかしげ、岡田《おかだ》はため息をついた。

「おばさん！」

瑠奈が声を上げた。

「なによ」

「ちがうでしょ、だっておばさん、私の体をずっとさすってくれた。よくがんばったねって、いってくれて」

「あれは」

「他人なのに、すごく」

「うるさい！」

中西の視線が、すっとそれた。

あのときは、なにも考えなかった。ただこの娘をあたためなければと、気がついたらマッサージをくり返していただけ。助けようなんて思ったわけじゃない。

私には、そんな資格《しかく》はないんだから。

ずっと、看護師《かんごし》として働《はたら》いてきた。患者《かんじゃ》の世話をして、人の役に立てるということが、生《い》き甲斐《がい》だった。「お世話になりました」「ありがとう」、そんなひと言ひと言が嬉《うれ》しくて、患者《かんじゃ》の笑顔を見ることに喜びを感じた。どんなに忙《いそが》しくても、体が疲《つか》れても、それを苦に思ったことはなかった。

看護師《かんごし》という仕事に誇《ほこ》りをもっていた。

けれど、それでどうなったの？　一番近くにいる、一番大切なはずの夫《おっと》を私は失《うしな》った。

一年前のあの日、仕事へ行く支度《したく》をしている私にあの人は具合が悪いといった。ちゃんと夫は訴《うった》えていた。その夫に、私は薬箱だけをわたして仕事へ行った。

昼過ぎに、駅で倒《たお》れたと連絡が入った。運ばれた病院へ駆《か》けつけたときは、もう息をしていなかった。

あのとき、なぜ夫の言葉を真剣《しんけん》に受け取らなかったのだろう。患者の訴えには、どんなにささいなことでも耳を傾《かたむ》け、心を砕《くだ》き、できる限りつくしてきたのに。なぜ？　なぜそれができなかったの？　悔《く》やんでも、悔やんでも悔やんでも、夫は帰ってこない。時間は巻きもどせない。もとにはもどれない。

子どもはいない。夫婦二人で暮らしてきた。少し面白味《おもしろみ》に欠けるくらい、穏《おだ》やかな人だった。空気のような人だった。

なぜあのとき……。

「中西《なかにし》さん」

「……やめたのよ。看護師なんて」

「だからなんだよ」

思ってもみない声に、そこにいる全員が振り返った。ドアの前に一弥《いちや》がいた。


一弥は、くいっと頭を上げて、まっすぐに中西のそばへ行った。

「来いよ」

そういって、中西の腕《うで》をつかみ、引きずるようにして部屋を出て行った。

片桐《かたぎり》を助けたいと思っているわけじゃない。ただ、中西の態度《たいど》が、言葉が、気に障《さわ》っただけだ。

「痛《いた》いっ！　痛いじゃない」

片桐がいる部屋へ行くと、中西は一弥の手を振りほどいて腕をさすった。

一弥は黙《だま》ったまま、入り口の前に立っている。その横に井口《いぐち》が立ち、小野《おの》が中に入った。

「片桐さん、中西さんが来てくれました」

松永《まつなが》が声をかけ、懐中電灯《かいちゅうでんとう》の明かりを向けると、中西《なかにし》は腕《うで》をさすりながら横目でチラと片桐《かたぎり》を見た。と、表情が変わった。

つかつかとそばへ行くと、膝《ひざ》をつき、片桐の手首に指をあてた。

「口が開かないの？　一度開けてみて」

わずかに、片桐が口を開く。中西は片桐の手を毛布の上に置き、数秒、なにか考えこむように床《ゆか》を見つめた。

インフルエンザでこんな症状《しょうじょう》が出たりはしない。

「ね、片桐さん、どこか、怪我《けが》していない？　顔の傷《きず》以外に」

中西はそういいながら一弥《いちや》を一瞥《いちべつ》し、一弥は視線をそらした。

「あっ」

小野《おの》が声を上げた。

「そういえば片桐さん、足に怪我《けが》してたよな」

中西の表情が険《けわ》しくなる。

「ちょっと見せてね」

そういって、懐中電灯をもっている松永に「こっちを照《て》らして」と指示して足元にまわり、毛布をめくった。

腫《は》れている。足首から先が、一見して腫れているのがわかる。

足の甲《こう》で結んであるネクタイをほどき、足の裏《うら》に明かりをあてて、中西は顔をゆがめた。

「破傷風《はしょうふう》かもしれない」

「破傷風って、そんなの今でもあるんですか？」

小野が首をひねる。

「昔ほど多くはないけれど。ワクチンの免疫《めんえき》は十年以上たつと低下するから」

「それで、どうしたら……？」

中西は、松永を見た。

「毒素《どくそ》を中和《ちゅうわ》するために、抗毒素血清《こうどくそけっせい》と抗生物質《こうせいぶっしつ》の投与《とうよ》と、怪我をした場所の洗浄《せんじょう》。これをすぐにでもやらないと。致死率《ちしりつ》は低くないのよ。それにこの人、肺炎《はいえん》を起こしているかもしれない」

一弥は、目をつぶって横たわっている片桐を見た。

このままだと、死ぬんだ。こいつ……。

ずらりと並《なら》ぶ片仮名で書かれたリストの前で、健介《けんすけ》は立ちつくしていた。ノジマシホ、ノジマイチヤという文字は何度見返しても見あたらなかった。

「野島《のじま》さん」

美菜《みな》が健介の手を握《にぎ》った。冷たい手の感触《かんしょく》にふっと息を吸《す》った。

大きく二度、三度、呼吸をして、だいじょうぶですというと、美菜《みな》は黙《だま》ったまま、静かにうなずいた。

「ちょっと、外の風にあたってきます」

美菜は「はい」とだけいって、健介の手をはなした。

大粒《おおつぶ》の雨が降っている。ひどい降りだ。

健介は避難所《ひなんじょ》の軒下《のきした》にあるベンチに腰《こし》かけて、じっと雨を見ていた。これだけ降っているのに、雨音が耳に入ってこない。

目の前で起きていることが、どれもリアルさに欠けて見える。現実の出来事に、気持ちが追いついていかない。

地面を打つ雨をじっと見る。

広場の展望台《てんぼうだい》から町を見たとき、覚悟《かくご》した。ちがう、覚悟なんかじゃない。絶望《ぜつぼう》だ。絶望が腹をえぐるように内側から食い破ってきた。けど、だけど、どこかで信じていた。志《し》穂《ほ》と一弥《いちや》は生きている。自分の前から消えてしまうことなどあるわけがないじゃないか、と。

だって、そうだろ？　一昨日《おととい》、志穂と電話で話したんだ。ケータイにはその履歴《りれき》がちゃんと残っている。あの時の声も耳の奥《おく》に残っている。

いやだ、絶対にいやだ。

いやだ、いやだ。いやだ。

なんで、なんで、おれだけここにいるんだ。

9

「避難所《ひなんじょ》に行ってみます」

井口《いぐち》の声に、廊下《ろうか》へ出ようとしていた一弥《いちや》は足を止めた。

「行くって、どうやって」

驚《おどろ》いたように小野《おの》が声を上げる。

「どうにかして」

「どうにかって、おまえ少し考えろ！」

「考えるってなにを!?　考えてたら、なんもできないっすよ」

片桐《かたぎり》が、やめろというように頭を動かす。

「おれ、できることをやりたいって、それだけっす」

苦しそうな表情をうかべて、片桐が頭を左右にじりりと動かす。その姿を見て、一弥は、小さく鼻を鳴らした。

助けなんていらないってことかよ。

あんたは頼《たの》みもしないのに、おれを家から連れ出したじゃないか……。

おれの腕《うで》をつかんで、いやだというおれを強引《ごういん》に家から連れ出して。

「おれ、行きます」

井口《いぐち》が立ち上がった。

「可能性があるじゃないっすか、今なら」

バカだ。この人もバカだ。可能性？　意味わかんねえ……。どうやって行くんだよ。水は引いてないし、雨だって降ってる。もう夜だ。下手したら、死ぬかもしんない。なのに、そこまでする必要がどこにあるんだ。そこまでして他人なんて助けたって、得《とく》することなんてなにもない。なのになんで。

おれは感謝《かんしゃ》なんてしていない。片桐《かたぎり》を憎《にく》んでいる、恨《うら》んでいる。だから殴《なぐ》った。なのにあのときこいつは、ひとつも抵抗《ていこう》しないで、ひと言のいい訳《わけ》も、弁明《べんめい》もしなかった。

床《ゆか》の上で、肩《かた》で息をしている片桐を見る。

なんでだよ。なんでなんもいわなかったんだよ。

自分が正しいと思うなら、まちがっていないというなら、そういえばいいじゃないか。殴り返して、おれがおまえを助けてやったんだとわめけばよかったじゃないか。

いえよ。

恩着《おんき》せがましく。助けてやったんだと。

そうしたらおれは！

あんたがよけいなことをしなかったら、かあさんを置いて逃《に》げたりなんかしなかった。見捨てたりなんかしなかった。ひとりで死なせたりなんかしなかった。絶対に、ひとりでなんか。

おれが置き去りにしたんじゃない。見捨てたんじゃない。おれは、かあさんを裏切《うらぎ》ったりなんてしてない。

そう、いえるのに。

いえないいじゃないか、あんたがいわなきゃ……。

ギュッとこぶしを握《にぎ》る。

「やれるだけのことやんなきゃ」

「でも」

松永《まつなが》が井口の手首をつかんだ。その手を、井口がほどく。

「あきらめるのはいつだってできるじゃないっすか。そんなもんじゃないっすよ」

雨音が激《はげ》しくなる。

「命って、そんなもんじゃないっす」

ざわっと肌《はだ》が粟立《あわだ》つ。握《にぎ》ったこぶしが震《ふる》える。

一弥《いちや》はふらりと部屋の中に入って、口を開いた。

「おれも行く」

その場にいただれもが一弥を見た。

「一弥君？」

松永《まつなが》がつぶやく。井口《いぐち》も驚《おどろ》いた顔を一弥に向けた。

一弥自身、なぜこんなことをいっているのかわからなかった。ただ、口をついて出た。

片桐《かたぎり》が体をよじる。

驚いているというより、とまどっているように見える。

一弥は片桐を無視して、井口をまっすぐに見た。

「おれも行く」

もう一度そういって、部屋を出た。

うめくような片桐の声が背中《せなか》から聞こえる。

そんなことは頼《たの》んでいない。望《のぞ》んでない。放っておいてくれ。

まるでそう叫《さけ》んでいるように聞こえた。

防災《ぼうさい》マップとミネラルウォーター、乾《かん》パン少々をビニール袋《ぶくろ》に入れて、銀色の非常用《ひじょうよう》のリュックにつめた。それを背負《せお》い、懐中電灯《かいちゅうでんとう》を持って井口と一弥は階段を下りた。

一番近い避難所《ひなんじょ》は桜《さくら》公園だが、途中《とちゅう》に運河《うんが》がある。少しでも危険を回避《かいひ》するために、小《お》野《の》は明海山《めいかいやま》公園の防災福祉《ぼうさいふくし》センターへ向かうことをすすめた。

距離《きょり》にして四・五キロ。

町を埋《う》めつくした黒い水と降りしきる雨、さらに暗闇《くらやみ》とで、たどり着くまでどの程度《ていど》かかるか見当がつかなかった。

井口と一弥の腰《こし》には、二人をつなぐ長いひもが結んである。カーテンを細く裂《さ》き、それを編《あ》みこんでつくったものだ。足もとのスニーカーは一弥にはやや小さかったが、岡田《おかだ》から借りた。

「じゃあ、行くか」

井口の声に一弥はうなずき、懐中電灯で階段を照《て》らす。まっすぐに伸《の》びた二本の光だけが頼《たよ》りだ。

壁《かべ》に手をあて、一歩一歩下りていく。

二階から一階へ下りる途中《とちゅう》から、水につかっていた。

ザボッ、ザブザブ

井口《いぐち》のあとに続いて水の中に入っていく。スニーカーからじわりと水がしみて、キュッと体が縮《ちぢ》まる。昨日、飲みものを探しに行ったときより、水量が少し増えたように感じる。

気温も低くなったぶん、きつい。

服が体に張りつく。水の冷たさが、刃物《はもの》のように鋭《するど》く体の芯《しん》までさしこむ。思ったように動けない体を壁に手をあてて一度支える。

入口を出ると、墨汁《ぼくじゅう》で塗《ぬ》り固《かた》められたような世界に雨が激《はげ》しく打ちつけていた。

顔を打つ雨に、思わず目を細める。

静かだ。ぱしゃぱしゃと水面を打つ雨の音だけが鼓膜《こまく》に響《ひび》く。

死んでいるんだ。

街《まち》そのものが、死んでいる。

寒さと恐怖《きょうふ》に、全身が震《ふる》える。息が浅くなる。

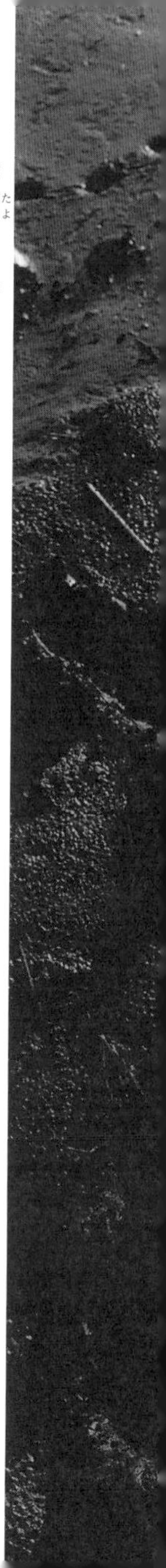

振り返ったとき、建物の中に小さな明かりが見えた。窓辺に置いてあるロウソクの明かりが、優《やさ》しく、小さく灯《とも》っている。一弥《いちや》はゆっくり一度息をついて前を向いた。

「くそっ、なんも見えねえな」

井口がぼそりとつぶやく。

「足元、気をつけろよ。ゆっくり行こう」

「はい」

足元を探るように一歩一歩、歩を進めた。


明海山《めいかいやま》公園にある災害防災《さいがいぼうさい》センターでは、非常用保存食《ひじょうようほぞんしょく》のひじきごはんとインスタントみそ汁《しる》という夕食のあと、二階の研修室《けんしゅうしつ》で対策会議《たいさくかいぎ》が行われていた。

五十名ほどの参加者《さんかしゃ》の中には、金髪の若者から車いすにのった老人までいた。その中に保育士の美菜《みな》の姿《すがた》もあった。健介《けんすけ》に気づくと、美菜はこくりと頭を下げる。健介も同じように会釈《えしゃく》をして、部屋の隅《すみ》に座った。

「すみませーん」

センター長の長谷《はせ》という男が、口の横に手を立てて声を出した。

軒下《のきした》で長いこと座りこんでいた健介《けんすけ》に、対策会議《たいさくかいぎ》に参加しないかと声をかけてきた男だ。

「たくさんお集まりいただいてありがとうございます。あとでホールに貼《は》り出しますが、まず現在の状況《じょうきょう》をお知らせします」

そういって、長谷《はせ》は手元のプリントを広げた。

現段階でわかる範囲《はんい》ということになりますが、と前置きをして、読み上げた。

首都圏《しゅとけん》は地震《じしん》による地割《じわ》れや火災《かさい》が発生。荒川《あらかわ》、隅田川《すみだがわ》を遡上《そじょう》した津波《つなみ》が地下へ流れこみ、地下構内《ちかこうない》にとり残されている人が相当数《そうとうすう》いるが、その救出《きゅうしゅつ》に難航《なんこう》している。また木造《もくぞう》住宅密集地《じゅうたくみっしゅうち》では、多くの家屋《かおく》が全壊《ぜんかい》、半壊《はんかい》。火災による被害《ひがい》も広がっている。沿岸部《えんがんぶ》は津波による被害が甚大《じんだい》。電気、ガス、通信といった首都機能《しゅときのう》は完全にストップしたまま、復旧《ふっきゅう》の目途《めど》はたっていない。死者、三七七人、行方不明者《ゆくえふめいしゃ》二九一一人、負傷者《ふしょうしゃ》八四九七名。消防、警察による生存者《せいぞんしゃ》の救出と確認作業《かくにんさぎょう》が行われているが、度重《たびかさ》なる余震《よしん》で救助《きゅうじょ》は難航している。

長谷が淡々《たんたん》とそれを読み上げていくうちに、部屋中がしんと静まりかえった。

「実際《じっさい》の被害は、さらに大きいと思われます。自衛隊《じえいたい》も首都圏で活動を開始していますが、こちらへの支援《しえん》や救助はまだ数日かかると思います。ただ、ここには四千二百食の非常《ひじょう》食《しょく》をはじめとして、三百人を収容《しゅうよう》できるだけの器《うつわ》がありますので、当面《とうめん》の生活はご安心ください」

そういって、長谷は顔を上げた。

どこからともなく、ため息がもれた。

あの、と、背広姿《せびろすがた》の男が手を上げる。

「家に一度もどりたいんだが」

すると、あちらこちらから手が上がり、質問が飛びかいだした。

「岬地区《みさきちく》辺りの状況はどうなっていますか」

「おばあちゃんは持病《じびょう》があるんです。薬は手に入るでしょうか」

「うちのも糖尿《とうにょう》なんだ」

「子どもの粉《こな》ミルクはありますか」

わかる。わかる。今を、これからをどうするか考えていかなければいけないのはわかる。助かってほっとして、必要なことが見えてきて、それだって贅沢《ぜいたく》をいっているわけじゃない。ぎりぎりのことをいっているだけだ。わかる。まちがってない。だけど……。

健介は固《かた》く目をつぶった。

それだけなのか？　今すべきことは、できることは、それだけなのか？　街《まち》に残されている人はどうなるんだ。救助《きゅうじょ》を、自衛隊《じえいたい》が来るのをただ待つだけなのか？　本当にそれだけなんだろうか？

「あのっ」

思わず、声を上げて立ち上がった。

となりの男が、「へ？」と、健介《けんすけ》を見る。

「今も、街には助けを求めている人がいるんじゃないですか。自衛隊も消防も警察も、手が回らないのなら、ぼくたちでなんとかやるべきなんじゃないでしょうか」

ざわりと空気が動く。

「ぼくの妹親子は行方《ゆくえ》がわかっていません。みなさんだって。家族や、親戚《しんせき》や、友だちや仲間が、どこかで、救助を待っているかもしれないんです」

長谷《はせ》がうなずきながら、ただ、と続けた。

「救助には危険がともないます。二次被害《ひがい》は絶対に避《さ》けなければなりません。ですが、できることは私もやりたいと思っています。もちろん強制《きょうせい》することはできませんし、体力的に不安のあるかたは、けっして無理をしないでください。救助に行けなくても、ここで協力していただきたいことはたくさんあります。それから、ご質問にあったことですが、この地域《ちいき》の状況《じょうきょう》はなにも情報《じょうほう》が入っていません。展望台《てんぼうだい》からおおよその状況は見えますが……。ご自宅にもどるというのは、もうしばらくひかえていただきたい。薬は、ある程度《ていど》常備《じょうび》してあります。仙波医院《せんばいいん》の先生がここに避難《ひなん》されているので、処方等《しょほうなど》は先生におまかせしたいと思います。先生、ちょっとよろしいですか」

そういう長谷の視線の先に、車いすの老人がいた。

「この通りの体ですので、なにができるかわかりませんが、お役に立てれば」

仙波はゆっくりと頭《こうべ》を垂《た》れた。

そのあと、長谷は救助班《はん》、炊《た》き出《だ》し班、衛生《えいせい》班、情報通信班と四つのチームを作ることを提案《ていあん》し、各チームごとにミーティングを行った。

炊き出し班は、食糧《しょくりょう》の管理《かんり》と一日二度の食事の準備《じゅんび》を。衛生班は、仙波医師を中心に、薬の処方から避難所《ひなんじょ》の人たちの健康管理《けんこうかんり》までを行う。情報通信班は、衛星無線《えいせいむせん》を使って外部と連絡を取りあい、情報をそのつど、正確に報告《ほうこく》。日に二回、それらを整理したメモをホールに貼《は》り出す。

そして、救助班は消防団員の大平《おおひら》という五十代の男をリーダーに、明朝早くに丘《おか》を下り、街《まち》へ救助《きゅうじょ》に行くことになった。

朝五時の時点で、地震《じしん》と津波《つなみ》の発生からおよそ六十四時間。人が建物やがれきの下で生き埋《う》めになった場合の生存率《せいぞんりつ》は、発生後七十二時間で大きく低下するという。

つまり、丸三日だ。もちろん、五日、七日とたったあとに救助された例《れい》もある。そう思いながら健介《けんすけ》は、一九九五年に起きた阪神淡路大震災《はんしんあわじだいしんさい》では、神戸市《こうべし》で救出された生存者の九十六パーセントが七十二時間以内に救助されたと聞いたことを思い出していた。

今すぐにでも捜《さが》しに行きたい。けれどその気持ちを健介はのみこんだ。

ここで勝手なことをいうわけにはいかない。だれもが、気持ちをおさえている。爆発《ばくはつ》しそうな不安や怒《いか》りや哀《かな》しみをかろうじて内側にとどめて、互《たが》いに気づかっている。いたわり合っている。ぎりぎりの状態《じょうたい》でだ。気持ちが一度でもあふれたら止められない。一人でも決壊《けっかい》したら、ドミノのように崩《くず》れていく。

健介は自分自身にも、そんなあやうさを感じていた。

「野島《のじま》さん、でしたよね」

顔を上げると、大平《おおひら》の顔が目の前にあった。

「あ、はい」

「野島さんたちは、明日の準備《じゅんび》をしてもらえますか」

救助班へ名乗りを上げたのは、健介をふくめて十人だった。その中に美菜《みな》もいた。

「救急《きゅうきゅう》セットに懐中電灯《かいちゅうでんとう》、乾《かん》パンや水もあったほうがいいですよね」

美菜は長谷《はせ》から支給《しきゅう》されたばかりのノートパソコンで備品《びひん》を確認《かくにん》しながら、左手の甲《こう》にボールペンでメモをする。

「長靴《ながぐつ》、雨具《あまぐ》」

「ウェーダーもある」

「ウェーダー？」

「渓流釣《けいりゅうづ》りなんかで着るやつですよ。足から胸《むね》まであるつなぎの長靴みたいな」

大平が手振りをつけて説明したが、美菜はあまりぴんときていないようだった。

「あとは防寒《ぼうかん》シートなんかもあったほうがいいでしょうね」

「はい」

大平がボートの確認をしに行くといって部屋を出て行くと、健介は美菜を見た。

「あの」

「はい」

「あなたが、ここをはなれてだいじょうぶなんですか？」

一瞬《いっしゅん》、美菜《みな》は驚《おどろ》いたような顔をして、それからくすりと笑った。

「だいじょうぶです。保育士は他にもいますから。園長からも、なにかお手伝いできることがあったら協力をするようにいわれているんです」

「あ、ああ、そうですよね。なんか、おれ、すみません」

「野島《のじま》さんって」

「はい」

「いい人ですね」

美菜が笑うと、健介《けんすけ》は照《て》れたように首をかしげた。

「なぁ〜」

間延《まの》びした声に振り返ると、耳と鼻にいくつもピアスをした金髪の男があぐらをかいて、健介と美菜をにらむように見ていた。

「えっと君は」

「エンドーだけど」

細い目をさらに細め、あごを斜《なな》めに上げて健介を見る。

「遠藤《えんどう》、君。あ、救助班《きゅうじょはん》に」

「だからここにいんだろーが。いつまでもイチャついてんじゃねーぞ」

「べつにそんなんじゃ！」

美菜がいうと、遠藤は中指を立てた。

「ちょっと、あなたね！」

「北川《きたがわ》さん」

健介が左手を伸《の》ばして間に入った。

「おれは、野島健介。この人は保育士の北川美菜さん。よろしくな。それから、一応いっておくけど、おれと北川さんはここで昨日初めて会ったばかりで、遠藤君がいうようなあれじゃないから」

遠藤が、ふーんといって、ちらと美菜を見る。

「なにその目！」

まあまあと健介がなだめる。

「そんじゃ、ちゃっちゃと準備《じゅんび》しちゃおーぜ」と、遠藤が立ち上がった。

背《せ》が高い。座っているときはわからなかったが、一九〇センチ以上あるのではないだろうか。健介《けんすけ》の目線がちょうど遠藤《えんどう》の口のあたりだ。

座っているときは、ほとんど顔の位置が自分と変わらなかったということに、健介はひとり苦笑した。

パシャパシャパシャ
雨が水面を打ちつける音だけが響《ひび》いている。

限界だった。寒さは予想以上に体力を奪《うば》い、気力を失《うしな》わせる。

出発して、二時間。がれきの浮く水の中を、懐中電灯《かいちゅうでんとう》の明かりだけを見つめて一弥《いちや》は歩いた。水面下にも、なにかわからないものが沈《しず》んでいる。潮《しお》の強い匂《にお》いと油と、魚が腐《くさ》ったような臭いが、歩くたびに立ち上ってくる。寒さのせいか、臭いのせいか、吐《は》き気がする。それでも立ち止まるわけにはいかない。右、左、右、ただ、足を運ぶ。

そのとき、一弥のわき腹になにかがあたった。がれきとは感触《かんしょく》がちがうなにかに懐中電灯を向けると、イヌの死骸《しがい》だった。思わず、ワッと声を上げ、足をすべらせて胸《むね》まで水につかった。冷たさと恐《おそ》ろしさで、一瞬《いっしゅん》、息が止まった。

流されたのは、物だけじゃない。イヌも、ネコも、人も流された。

怖《こわ》い。目に見えているものより、今見えていないもの、全部が怖い。

「だいじょうぶか！　あそこ、あそこに入るぞ」

井口《いぐち》の声に、顔を上げた。

腰《こし》のひもがピンと張る。

井口が懐中電灯を高く上げた。光の中にぼんやりと影《かげ》が見える。巨大な建物。大型スーパーの影だ。

「もうちょっとだ、しっかりしろよ」

大型スーパーは一階部分の外壁《がいへき》が崩《くず》れ、ところどころ鉄骨《てっこつ》がむき出しになっていた。店内に突《つ》っこんでいる車は入口のすぐ脇《わき》にあるエスカレーターをおしつぶし、その上にはコンクリート片《へん》がごろりとのっている。奇妙《きみょう》な形にひしゃげている自転車が、何台も正面に折り重なり、信号機《しんごうき》が支柱《しちゅう》ごと店内に突《つ》きささっていた。

店内に入ったとき一弥は顔をしかめた。これまでとはちがう強烈《きょうれつ》な臭い。下水《げすい》の混《ま》じった刺激臭《しげきしゅう》に口をおおう。あちこちに冷蔵庫やテレビという場ちがいなものや、木材、鉄骨《てっこつ》、店にあったケース棚《だな》が浮いていた。

「どこから流されて来たんだろうな。一階は日用品売り場だぜ」

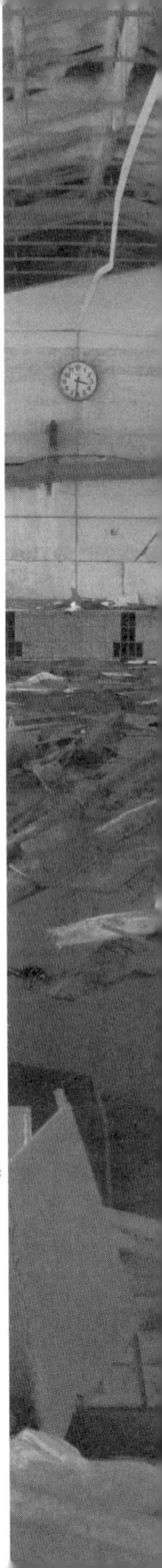

井口《いぐち》は小さく息をもらし、「こっちに階段があるはずだから」と、店の奥《おく》へ入っていった。

「だいじょうぶそうだな」

足で探るようにして階段を上っていく。五段ほど上がったところで水は完全に引いていたが、足元には泥《どろ》がみっしりとこびりついていた。

二階まで行くと、どちらからともなく二人は壁《かべ》に背中《せなか》を預《あず》けて、そのままズルリと床《ゆか》に尻《しり》をついた。

寒い。まぶたが重い。ガチガチと歯のあたる音だけが鼓膜《こまく》に響《ひび》く。

寒い……。

どれくらいたったのだろう？　一、二時間たったようでもあり、ほんの数分こうしていただけのようにも感じる。時間の感覚がない。

手も、足も、指先がしびれている。

「一弥《いちや》君」

井口の声に顔を動かす。寒さでしびれる手で懐中電灯《かいちゅうでんとう》を持ち上げる。と、フロアの奥《おく》

になにかが見えた。

「ん？」

一弥が明かりを向ける……。

「あああああっ」

人だ。人の顔だ。頭部だけが転がっている。

「わああああ！」

懐中電灯を投げ出し、強く頭を抱《かか》えた一弥を井口が抱きしめた。

「どうした、落ち着け」

もういやだ。いやだ、いやだ！　こんなところにいたくない。

目を固《かた》くつぶり、耳をふさぐ。

井口が、しーしーといいながら、まわした腕《うで》に力を入れる。

「だいじょうぶだから。ほら、息を吸《す》って、吐《は》いて」

あ、あ、あ、と悲鳴《ひめい》に近い声を発して、一弥が指さすほうへ、井口が懐中電灯を向ける。

「うっ」

一瞬《いっしゅん》、小さくうめき声を上げて、それから井口はくくくっと笑った。一弥を抱きしめていた腕《うで》がゆるんだ。

えっ?

「マネキンだよ、マネキン」

笑いながら、一弥《いちや》の背中《せなか》をバシッとたたく。

マネ、キン?

顔を上げる。光に照《て》らされているその中にあるのは、確かにマネキンだった。

「ビビらせんなよなぁ」

そういってまた笑う。

「笑いすぎ」

一弥がぼそりというと、井口《いぐち》は腹を抱《かか》えて笑った。

そのとき、

「おい!」

頭上から、とがった声と同時に強い光がさっとさした。

井口が一弥の腕をぐいと引いた。

カツン! カツン!

金属音が響《ひび》く。

「そこでなにしてる」

声が近づいてきた。

井口が懐中電灯《かいちゅうでんとう》を向けると、光と光がぶつかり、その向こうに二人の人影《ひとかげ》が見えた。

井口は大きく息をつくと、一弥の腕を握《にぎ》った手をはなした。

「あの、お、おれたち、避難所《ひなんじょ》へ」

「……」

かちりという音を立てて、オレンジ色の光が広がった。光の中に、モップとランタンを手にしている短髪の男と、鉄の棒《ぼう》のようなものを持っているメガネをかけた背《せ》の高い男が浮かんだ。

男たちが近づいてくる。まだ二十代そこそこ、といった若い男たちだった。二人ともこの従業員《じゅうぎょういん》なのだろう。『ポルタ』とロゴの入ったスーパーのジャンパーをはおっている。

「あんたら、ずぶぬれじゃないか」

短髪の男がいった。

「歩いて来たのか？　どこから来た」

「大江《おおえ》第一地区から」

「むちゃくちゃだな」

二人は顔を見合わせる。

「医者を捜《さが》してる。病人がいるんだ」

井口《いぐち》がいうと、手前にいる棒《ぼう》を持ったメガネの男があきれたように首を振った。

「だからって、あんたらさ……。とにかく上に来いよ。着替《きが》えたほうがいい」

ランタンの明かりの中で、一弥《いちや》はあらためて店内を見回して、息をついた。ひっくり返った棚《たな》やハンガーラック、衣類《いるい》らしき布のかたまり、カバンやぬいぐるみ、腕《うで》や胴体《どうたい》といったマネキンのパーツ、ガラス片《へん》が散乱《さんらん》している。

その光景を見ても、もう驚《おどろ》きはしなかった。

階段を上っていく間に、井口は自分たちが避難《ひなん》している建物には、幼《おさな》い子や高齢者《こうれいしゃ》がいること、備蓄《びちく》がほとんど流されたこと、ひとりが破傷風《はしょうふう》かもしれないということを話した。そして、ここへ立ちよったのは、三階に釣具《つりぐ》屋が入っていることを思い出したからだといった。

「釣具屋?」

「釣具屋ならウェーダーがあると思って」

井口はまるで知り合いとでもするような口調で話している。

そうだ、この人は片桐《かたぎり》ともいつの間にか親しそうにしていた。

一弥は井口の背中《せなか》を見た。

おれも、小さい頃は人が好きだった。ケンカもしたけど、次の日はまたなんでもないように一緒に遊んだ。友だちと一緒にいることが楽しくてしかたがなかった。調子にのって、大人に叱《しか》られることはしょっちゅうだったけれど、自分たちはどこにでも行けて、どんなことでもできると思っていた。

かあさんともよくしゃべった。食事時は「少し黙《だま》って食べたら」とあきれられるくらいだった。たぶん、ものすごくどうでもいいことで、アホみたいなことをしゃべっていたんだと思う。「ばっかね」と、かあさんはよくそういって笑った。

笑っているかあさんが好きで、おれはよけいに調子にのってしゃべったんだ。

井口がふっと振り返った。

ん、どうした？　そんなふうに首をかしげる井口に、一弥は頭《かぶり》を振り、視線をそらした。

いつからおれは、こうなったんだろう。思ったことを、そのまま言葉にすることができなくなった。口にすることと、感じていることが、いつもずれて……。

かあさんに対しても、おじさんに対してもそうだった。ありがとうのひと言がいえなくて、顔をそむけてしまう。ごめんというひと言が言葉にならなくて、声を荒《あら》らげてしまう。子どもの頃は、あんなにかんたんにいえていたことがいえなくなった。

三階に上がると、棚《たな》や陳列《ちんれつ》ワゴンなどはフロアの隅《すみ》に整然《せいぜん》と集められ、ロープで固定《こてい》されていた。壁《かべ》ぎわに沿《そ》うようにして毛布や布団が敷《し》かれ、そこに多くの人が体を横たえていた。

「四階の寝具《しんぐ》売り場から、かき集めてきたんだ」

「なるほど」

「薬屋も食料品も上の階にあればよかったんだけどさ。まあそんな店ないよなぁ」

メガネの男がいうと、井口《いぐち》は「そりゃそうだ」と苦笑した。

フロアのところどころに、ぼんやりと明かりがついている。その明かりの中から一人立ち上がってこっちへ向かってきた。

二人と同じジャンパーを着た小柄《こがら》な中年の男だった。

「あ、店長」

「どうした」

店長と呼《よ》ばれたその小柄な男は、「怪我《けが》はありませんか」と、声をおさえるようにしていいながら、井口と一弥《いちや》を見た。

「この人たち、大江《おおえ》第一のほうから医者を捜《さが》しに来たんだそうです」

短髪の男の言葉に、店長の表情が一瞬《いっしゅん》明るくなった。

「じゃあ大江地区のほうは」

井口がわずかに頭《かぶり》を振ると、店長は、でしょうね……とでもいうようにため息をもらした。

「あの、外はどんな様子ですか」

「ひどいです。どこもかしこも」

店長はうなずきながら、井口をじっと見た。もっと正確に、どこがどうなっているのか、ここまで来る間に見てきたことを話してほしい。そんな目だ。

一弥は井口の背中《せなか》を見た。そんなことくらい、この人にはわかっているはずだ。だけど、言葉にしたくない。いや、したくないんじゃない、できないんだ。あの光景を、現実を口にしたら、ここから出られなくなる。恐怖《きょうふ》を認《みと》めたら動けなくなる。

この人でも、井口《いぐち》でも、そうなんだ。

一弥《いちや》は視線を床《ゆか》に落とした。

「とにかく、着替《きが》えたほうがいい」

店長はフロアの奥《おく》を指さして苦笑した。

「三階は紳士服《しんしふく》売り場でしたから。服は売るほどあるんですよ」

地下一階、地上四階建ての大型スーパーの中には、百人ほどの人たちが避難《ひなん》していた。その大半《たいはん》は従業員《じゅうぎょういん》だという。

地震発生時《じしんはっせいじ》、店内はそれなりににぎわっていたが、地震がおさまると潮《しお》が引くように客は店をあとにした。

その後、あの津波《つなみ》に襲《おそ》われた。

地震で散乱《さんらん》した商品を片付け始めていたときに、津波警報《けいほう》が鳴ったのだ。

店長は店内を足早にまわりながら、店員たちに客を上の階へ誘導《ゆうどう》するよう指示を出し、店員たちは「三階へ！」「上の階へ」と、手を振り、声をからした。地下の食品売り場にいた客たちは階段を駆《か》け上がってくると、今度は店の外へ向かおうとした。「外はだめです！」一人の従業員が自動ドアの前に立ち、両手を広げた。大半《たいはん》の客がそれを見て上の階へと足を向けたが、数名、止めるのを聞かず、外へ飛び出していった。そういう人たちを引きもどす余裕《よゆう》はなかった。しゃがみこんで泣き出すアルバイトの女の子の手を引き、階段へ向かう客もいた。体格のいい男の従業員たちは、老人や体の不自由な客を背負《せお》って三階まで上がった。

津波が来たのは、全員の避難を確認《かくにん》してまもなくのことだったという。

「全員無事《ぶじ》って奇跡《きせき》的だよな」

メガネの男がぼそりといった。

二階は婦人服が中心で、三階は紳士服といくつかの専門店、四階は寝具《しんぐ》や家電売り場だったため、売り物の服や布団を使って寒さをしのいでいるのだという。

「あんたらも着替《きが》えろよ」と、短髪の男がくんとあごを動かした。

フロアの隅《すみ》に山積みになっている服から、井口は手早くデニムのパンツとナンバリング入りの赤いホッケーシャツを身に着けた。その上にオレンジ色のフリースを着こむと、黒いデニムのパンツに黒いトレーナーを着ている一弥を見て、顔をしかめた。

「地味《じみ》だなぁ」

井口《いぐち》は一弥《いちや》が手にしているグレーのフリースを取り上げると、服の山の中から、襟《えり》と袖《そで》に黄色いアクセントのついたあざやかな青いトラックトップを放った。

「これ着とけよ」

「派手《はで》、だね」

「これくらいでちょうどいいんだって」

乾《かわ》いた新しい服は、気持ちがいい。一弥は、自分の体がほっと息をついたような気がした。

釣具屋《つりぐや》は、三階の一番奥《おく》にあった。MIYAKE《ミヤケ》と書かれたプレートが入り口の前に立てかけてある。

そう広くない店内は、商品が散乱《さんらん》し、床《ゆか》一面に商品が積み重なっている。

「うひゃ〜、この中から探すのか」

井口がため息とも悲鳴《ひめい》とも聞こえる声を上げると、店の奥から「だれだ」と、声が聞こえた。

短髪の男が、ふーっとため息をつき、ランタンを肩《かた》の高さまで持ち上げる。

「宮《みや》さん、またここにいるんですか。まだ余震《よしん》もあるし、向こうに行ってたほうがいいですって。店長にいわれたでしょ」

「よけいなお世話だ」

店の奥に、小柄《こがら》な老女が置物《おきもの》のようにじっと座っていた。

「あの、ウェーダーを」

井口がいうと、老女はすっくと立ち上がった。立っても小さい。

「客かい」

老女はヘッドランプをつけて、飛び石の上でも歩くように、床に積み重なった商品をよけて店先へ出てきた。意外なほどの身軽さに、一弥は目を見張った。

「ウェーダーだね」

「おれと、こいつの」

老女は井口と一弥を一瞥《いちべつ》すると、「待ってな」といって店の中へもどっていった。

つぎに老女が出てきたのは、わずか一、二分後だった。腕《うで》に二着のウェーダーをかけている。

「はやっ！」

井口《いぐち》がいうと、老女は鼻を鳴らした。

「あたしの店なんだ。あたりまえだろ」

胸《むね》までのタイプのウェーダーだった。

「おー、いいっすね。な、これなら一気に避難所《ひなんじょ》まで行けるな。うまくすれば、夜が明けるころには着くかも」

一弥《いちや》は井口をちらと見て、小さくうなずく。と、背《せ》の高い男は「はあ？」と目を見開いた。

「あんたら頭おかしいんじゃないか？　まさか今から出発するなんていうんじゃないよな」

井口はにっと笑った。

「待ってんすよ。おれたちが医者を連れて帰るの」

行こう、と井口は一弥の肩《かた》をたたいた。

「ちょっと待ちな」

しゃがれ声に振り返ると、老女がポンチョを二枚、井口に放った。

「死ぬんじゃないよ。代金がまだなんだ」

「宮《みや》さん、今そんなこと」

「あたりまえだろ、あたしゃ慈善事業《じぜんじぎょう》をしてるんじゃないんだ。代金はしっかり払《はら》ってもらうよ」

「はい」

一弥がうなずくと、老女は深いしわのある顔をぐいとよせた。

「ほれ」

「えっ？」

「これも持って行きな」

そういって頭に巻いていた懐中電灯《かいちゅうでんとう》をおもむろに取り、一弥の頭にのせた。

10

午前四時。避難所《ひなんじょ》はまだ暗く、静かだった。二階の階段に一番近い部屋で体を横にしていた健介《けんすけ》は、そっと起き上がった。

頭がぼうっとする。結局、一睡《いっすい》もできなかった。

昨日、捜索《そうさく》に出るための準備《じゅんび》を終えて、体を横にしたのは十時頃だ。眠《ねむ》らなければいけない。体を休めておかなければいけないとわかっているのに、どうしても寝《ね》つけなかった。体は疲《つか》れている。三日前からまともに眠っていないのだから、あたりまえだ。それでも、寝つけない。

ずごごっと、大きないびきをかいて寝ている遠藤《えんどう》を見て、たいしたやつだなと思う。大きく息を吸《す》い、立ち上がった。

冷えるな。

毛布を肩《かた》からかぶったまま部屋を出ると、口からこぼれる息が怖《こわ》いくらい濃《こ》く強く広がる。窓の外を見ると、ただ闇《やみ》が広がっているだけで、雨粒《あめつぶ》が窓ガラスを濡《ぬ》らしているほかは、なにも見えない。

一階のロビーへ下りると、入口に向かって左手にある事務室前の小さなカウンターの上で、ランタンの明かりが灯《とも》っていた。

「早いんですね」

声がしたほうを見ると、柱の向こうから北川美菜《きたがわみな》が顔を出した。背中《せなか》に、子どもを負《お》ぶっている。

「北川さん」

「おはようございます」

「あ、おはようございます」

「雨、やみそうもないですね」

「そうですね」

「野島《のじま》さん、寝《ね》てないいんじゃないですか？」

「……」

「顔色あんまり良くないです」

「だいじょうぶですよ。北川さんこそ」

美菜は体を左右に揺《ゆ》すりながら「平気です」とうなずき、背中の子どもをそっと見る。

「この子もずっと眠《ねむ》れていなかったんです」

健介《けんすけ》がのぞきこむと、負ぶわれている子は気持ちよさそうに寝息《ねいき》をたてていた。

「ずっとそうやって?」

「二時間くらいですよ」

そういって、くすりと笑う。

「二時間」

赤ん坊でも、二時間負ぶうのはきつい。

昔、一弥《いちや》が熱を出した。確か、一歳の頃だったな、と健介は美菜の背中で眠る子を見た。

この子よりもっと小さかった。

仕事を休めない志穂《しほ》のかわりに一弥をみていた。熱でつらいのか、母親がいないことが不安なのか、一弥はどうやっても泣きやまなかった。顔を鼻水でべとべとにしながら、まっ赤になって泣く小さな甥《おい》に手を焼き、しかたなく負ぶいひもを巻いて背中にくくりつけた。負ぶうとすぐに一弥は泣きやんだ。最初はなんということもなかったのに、三十分もすると肩《かた》がずしりと石のように重たくなった。眠っていることを確かめて布団の上に降ろそうとすると、また火がついたように泣き出す。何度か試《ため》して、最後はあきらめて志穂が帰ってくるまで負ぶっていた。肩がパンパンにはって、その夜はペンを握《にぎ》る手が震《ふる》えたっけ……。

美菜《みな》は、ゆうらゆうらと体を動かす。そのリズムが心地いいのか、背中《せなか》の子どもはぷっくりとした頬《ほお》を美菜の背中にあて、口をわずかに開いて眠《ねむ》っている。

美菜も静かな表情で、ときどき首をひねるようにして背中の子どもを見て、ふっと笑みを浮かべる。

肌《はだ》をさすようなキンと冷えた空気が、やわらかく感じた。

思わずみとれていると、目が合った。美菜がいたずらっぽく笑う。

「またたいへんだなって、思ったでしょ」

「いや、え、ええ、まあ」

健介《けんすけ》が口ごもる。

「ちがうんですよ」

「えっ？」

「ちがうんです。救《すく》われているのは私なんです。こうやって頼《たよ》ってくれる子どもがいなかったら……。そんなに強くないですよ、私」

わかります。いや、同じじゃないかもしれないけど、わかる。自分を必要としてくれるだれかがいるから、立っていられる。強くなれる。前を向いて、未来を信じることができる。

健介はゆっくりうなずいて、毛布を美菜と背中の子どもにかけた。

「上に行きましょう。ここはやっぱり冷えます」

ランタンを消して、ポケットに入れてある懐中電灯《かいちゅうでんとう》をつけると、美菜が袖《そで》を引っ張った。

「野島《のじま》さん」

「ん？」

懐中電灯を向けると、階段の途中《とちゅう》で遠藤《えんどう》がまぶしそうに、手の平をかざした。

「どうした？」

健介が声をかけると、遠藤はふんと鼻を鳴らして一階へ下りてくる。

「眠れねーからさ」

「へっ？」

ついさっきまで大いびきをかいて爆睡《ばくすい》していた。その姿《すがた》を思い出して、健介が笑うと、

「笑ってんじゃねーよ」と、遠藤は少し怒《おこ》ったような、照《て》れたような顔をして、階段下にある来館者用のソファーにどかりと座った。

「枕《まくら》かわると眠《ねむ》れねーんだよなぁ、おれ」

「あなたってどこでも寝《ね》れちゃうタイプかと思った」

美菜《みな》がいうと遠藤《えんどう》は上目遣《うわめづか》いに見て、チッと舌を打った。

「繊細《せんさい》なんだよ、あんたとちがって」

「なによそれ」

くっくくっ
笑い出した健介《けんすけ》に「野島《のじま》さん」「おっさん」と、二人が同時に声を上げた。

「ごめん、すみません。いや、いいコンビだなと思って」

そういって、またくくっと笑う。

背中《せなか》の子があくびをして頭を動かすと、美菜は「はいはい、だいじょうぶよ、だいじょうぶ」とささやくようにいい、体をゆっくりと動かして子どもをあやす。

やっぱり、志穂《しほ》のいいかたに似てる。

だいじょうぶ、だいじょうぶ……。志穂も、幼《おさな》い一弥《いちや》によくいっていた。びーびー泣いていても、志穂がそういうと不思議と泣きやんだ。「魔法《まほう》の言葉だな」というと、「そうよ」と、志穂は笑った。

美菜の背で子どもは口元を動かして、安心したようにまた寝息《ねいき》を立てた。

ザザザザザー

突然《とつぜん》、入口から雨の音と強い風が吹きこんだ。

男の声が響《ひび》く。

「すみません！」

健介が懐中電灯《かいちゅうでんとう》を向けると、大きく開いた正面の入り口から、くっきりとした二本の光がロビーに差しこみ、倒《たお》れこむようにして人が二人、入ってきた。二人とも、膝《ひざ》に手をつき、肩《かた》で大きく息をしている。

健介は手前の男に駆《か》けより、遠藤はそのうしろにいる男へ駆《か》けよった。健介に支えられた男は前屈《かが》みになったまま、「すみません」と顔を上げた。

思ったより若い男だった。二十五、六歳といったところか。男はうしろを振り返り、「だいじょうぶか」と声をかける。

うしろにいる線の細い男は、膝に手をついたまま上下に頭を揺《ゆ》らして、「だいじょうぶ」

と応えた。

……この声。

「一弥《いちや》……？」

健介《けんすけ》の声にうしろの男がぴくりと動き、ゆっくりと顔を上げた。

「一弥！」

「おじ、さん……」

健介の横で、男が「へっ？」と、間の抜《ぬ》けた声を出して一弥と健介を見た。

「一弥」

健介の声に、一弥の手が伸《の》びる。わずかに安堵《あんど》の表情を浮かべる。と、次の瞬間《しゅんかん》、おびえるような泣き出しそうな顔をして、一弥はぱっときびすを返し、外へ飛び出した。

「一弥！」

「一弥君！」

健介と井口《いぐち》が同時に声を上げた。

なんで、なんで……。

思いがけない一弥の行動に、一瞬《いっしゅん》、健介は足が動かなかった。

一弥、一弥だよな。

「野島《のじま》さん！」

背中《せなか》から美菜《みな》の声が聞こえて、はっとした。

一弥！

健介は、ダッと駆《か》け出した。

センターを飛び出して、一弥はただ走った。木の根につまずき、ぬかるんだ地面に足をすべらせ、それでも立ち上がって駆けた。フードは風にあおられて外れ、雨がようしゃなく顔にぶつかる。雨のせいか、涙《なみだ》なのか、視界がぼやける。

おじさんがいた。生きていた。

会いたくて、会いたくて、しかたなかった。けど、会えない。

会えるわけない。

なんていうんだ。かあさんを置いて逃《に》げ出した。助けられなかった。見捨てた。見殺しにした。そういうのか？　そんなこといえるわけない。

会いたいと思えば思うほど、許《ゆる》されないことだと感じる。許されちゃいけない。許してもらおうなんて、思っちゃいけない。おじさんに甘《あま》えようなんて、考えちゃだめなんだ。

「あっ」

足がもつれ、バランスを崩《くず》す。

そのとき、ぱんっと左手をつかまれて、引きよせられた。

心臓《しんぞう》がぎゅっと縮《ちぢ》む。

目の前に、泣きそうな、でもほっとしたような表情を浮かべた健介《けんすけ》が立っている。

「おじさん……」

「よかった」

表情が崩れる。

「よかった、よかった」

ただ、そうくり返して、健介は一弥《いちや》を抱きしめた。

強く、大きな腕《うで》が一弥を抱きしめる。

許《ゆる》されないとわかっているのに、その腕にすべてをゆだね、投げ出しそうになる。

なにかいわなければと思うのに、言葉が出ない。喉《のど》が苦しい。言葉がかさかさと喉の奥《おく》で崩れて形にならない。

おじさん。

「一弥」

もう一度、ぎゅっと抱きしめられたとき、ぼろぼろっと涙《なみだ》がこぼれた。

「おれ、おじさん、おれ」

堪《こら》えきれずしがみつく。

「わかった、もうだいじょうぶだ。だいじょうぶだから」


雨と木と土の匂《にお》いが混《ま》ざり合い、ほんのり甘《あま》い匂《にお》いがする。

夢じゃない。腕の中にいるのは一弥だ。まるで小さな子どものように泣いて、震《ふる》えているのは、一弥だ。

生きていた。生きていてくれた。

だけど……。

一弥は、志穂《しほ》のことをなにもいわない。いわないからわかる。突《つ》きつけられる。なのにどこかで、そんなこと、あるはずないという思いが捨てられない。

教えて欲しい。一弥に、聞きたい。なにがどうなったのか、なぜ志穂がいないのか、一《いち》部始終《ぶしじゅう》すべて、なにもかも全部。

志穂《しほ》はどうしたんだ？　なんでだめだと思うんだ？　見たのか？　確認《かくにん》したのか？　確かなのか？

口元まで出かかった言葉をのみこむ。

一弥《いちや》に気づかれないように、静かに、息を吐《は》く。

焦《あせ》るな。焦るな。焦るな。

そうくり返す。

今は、腕《うで》の中にいる一弥だけを見ていればいい。震《ふる》えている一弥を抱きしめるだけでいい。それでいいんだ。

「だいじょうぶか？」

一弥がわずかにうなずく。

「センターにもどろう」

「おれ」

「ん？」

腕の力を抜《ぬ》くと、一弥が体をはなした。目を合わせようとはしない。

「おれ、かあさんのこと、」

「いい、いわなくていい」

思わず口をついて出た言葉に、健介自身《けんすけじしん》とまどった。顔を上げた一弥の表情が、わずかにゆがむ。

こぶしをぎゅっと握《にぎ》る。

なんでそんな言葉が出たのか、自分でもわからなかった。一弥の口から聞きたかったはずじゃないか。すべてを知りたいと思っていたはずだ。

なのにおれは……。

ここで逃《に》げるのか？

逃げたら、だれが一弥を受け止めるんだ。

ゆっくりと頭《かぶり》を振る。

「ごめん」

そういって、もう一度、一弥の腕を握った。

「聞く。聞きたい。話して」

「一弥？」

そういうと、一弥《いちや》はうつむいたまましぼり出すように、言葉を紡《つむ》いでいった。

「地震《じしん》で。すごい揺《ゆ》れで、二階が半分落ちて、あのとき、かあさん、閉《と》じこめられて」

「うん」

「警報《けいほう》が、鳴って、すごく鳴って。奥《おく》から、音が聞こえて」

ときどき息つぎでもするように大きく息を吸《す》いこみ、また話し始める。

「かあさんが、いるってわかってたのに。また揺れて、男が、そいつがおれを。かあさんを置いて」

もういい。わかった。わかったから、一弥。

全部いわなくたっていい。

そういってやりたい。そういえれば楽になれる。

ちがう……、おれが聞きたくないだけだ。一弥の言葉を止めて、楽になるのは一弥じゃない。おれだ。

健介《けんすけ》は一度目を閉《と》じた。

「おれ、逃《に》げたんだ」

一弥の言葉に目を開ける。目の前で、細い肩《かた》が震《ふる》えている。

「かあさん置いて。おれが殺した」

「ちがう！　ばか、ぜんぜんちがうだろ！」

健介は一弥の腕《うで》をぎゅっと握《にぎ》った。

「生きようとしたんだ。一弥は生きようとしたんだろ」

「……」

「ありがとう」

一弥の体がぴくんと動いた。

「生きていてくれて、ありがとう」


避難所《ひなんじょ》へもどると、大勢《おおぜい》の人が井口《いぐち》をとり囲《かこ》んでいた。だれもが、ラジオでは報道されていない自分たちの街《まち》の様子を知りたがっていた。

井口は、汐浦全域《しおうらぜんいき》のことはわからないといったうえで、自分たちが避難していた大江《おおえ》第一地区の辺りは二階まで津波《つなみ》がおしよせたこと、今は一メートル十センチくらいに引いてはいるけれど、まだ街の中を歩ける状態《じょうたい》ではなく、建物の中に避難して救助《きゅうじょ》を待っている人が大勢いることを話した。

「家に、もどれるのかしら」

女の声に、井口《いぐち》は答えなかった。

そもそも、家が残っているかすらわからない。失望《しつぼう》させたくはないけれど、気休めをいって期待させるようなこともしたくなかった。

ひゅっと冷たい風を感じて振り返ると、一弥《いちや》が男に支えられるようにして入口から入ってきた。

「一弥君！」

井口が右手をぱっと上げた。

一弥のとなりで、男が頭を下げる。

さっき、二人が外へ飛び出していったとき、子どもを負《お》ぶった女の人が、「イチヤ君って、野島《のじま》さんの甥御《おいご》さんの名前」と、つぶやいていた。

「すんません、すんません」と、人の輪をかきわけて井口が二人のところへ行くと、男はもう一度頭を下げた。

「野島健介《けんすけ》といいます。一弥の叔父《おじ》です。お世話になりました」

「え、あ、井口です。やっぱり一弥君のおじさんだったんすね」

そういって、よかったなぁと一弥の顔をのぞきこんで額《ひたい》をペチンとたたいた。「いたっ」と小さな声を発する一弥に、「うれしそうな顔しろよ」と、軽い調子でいって、それから健介を見た。

「医者を探してます。病人がいるんです」

「一弥から聞きました」

健介はうなずき「案内します」と、建物の奥《おく》に向かって歩き始めた。

救護室《きゅうごしつ》と書かれた扉《とびら》を開けると、車いすに乗った老人がいた。

「先生」

健介の声に車いすの老人が顔を向ける。

えっ、厚木《あつぎ》より十歳は上に見える。この細いじいさんが医者……。

だいじょうぶなのか？

そんな気持ちが顔に出ていたのか、車いすをくるりと回転させて井口に近づいてくると、

「仙波《せんば》といいます。こんなんで、あまり頼《たよ》りにならんかもしれんですが。私は医者です」

ゆっくり会釈《えしゃく》をした。

「は、はい。はい！　よろしくお願いします」

井口《いぐち》は何度も頭を下げた。

「破傷風《はしょうふう》ですか……」

「まちがいないっす。それにインフルエンザから肺炎《はいえん》も併発《へいはつ》してるかもって、看護師《かんごし》の女性がいっていました」

仙波《せんば》は、「肺炎《はいえん》か……」と低くうなりながら、保管薬剤《ほかんやくざい》のリストに目を通し、首を振った。

「抗毒素血清《こうどくそけっせい》は、ここには……」

「じゃあどこに」

井口がつばを飲む。

「田崎総合病院《たざきそうごうびょういん》なら」

リュックの中から防災《ぼうさい》マップを取り出して、指でなぞる。

「ここだ」

そういって井口は言葉につまった。田崎総合病院は、運河沿《うんがぞ》いにある。もし、川が氾濫《はんらん》していたら……。

たどり着けないかもしれない。仮にたどり着けたとしても、今病院がどうなっているか、わからない。

「行きましょう、井口さん」

そういって健介《けんすけ》が立ち上がった。

おじさんも、か……。おじさんも、迷《まよ》わないんだ。

地震《じしん》でかあさんが家に閉《と》じこめられたことも、片桐《かたぎり》に連れられて逃《に》げたことも、かあさんを置いて、見捨ててしまったことも、話した。それから、その片桐が破傷風かもしれないということも。順序も、内容も、ぐちゃぐちゃで、ちゃんと伝わったかわからないけど、自分の口で話した。

おじさんは全部聞いてくれた。

片桐は、かあさんを見殺しにした男だ。見捨てたやつだ。そんなやつのために、なぜ危《き》険《けん》だとわかっているところへ行こうと即答《そくとう》できるんだろう。

出発は昨日《きのう》予定した通り、七時となった。

救助班《きゅうじょはん》は四艘《そう》のボートに分かれて三ヵ所に向かう。片桐のいる相澤《あいざわ》フレーム工業《こうぎょう》へは、大平《おおひら》、美菜《みな》、医師の仙波《せんば》が。百人近くが避難《ひなん》しているあのスーパーには、遠藤《えんどう》たち二艘《そう》のボートが向かうことになった。目的は食料品を届《とど》けることだ。井口《いぐち》は店長から、「食料を」と託《たく》されていた。

そして田崎総合病院《たざきそうごうびょういん》へは一弥《いちや》、井口、健介《けんすけ》の三人が向かうことになった。

「井口君は？」

「まだ。呼《よ》んでこようか」

時計をちらと見て首を振った。

「いや、いいよ。まだ十五分くらいあるから」

健介は廊下《ろうか》に目をやって答えた。

井口がホールへ行ったのは三十分程前だ。美菜からホールに避難者《ひなんしゃ》リストが貼《は》り出されていることを聞いて飛び出していった。

そうだよな。時間がかかるんだ、あれを見るのは……。あの中に、一弥と志穂《しほ》の名前を見つけられなかったときのことを思い出すと、今でも恐《おそ》ろしさで震《ふる》えそうになる。恐ろしくて、怖《こわ》くて。こんな紙ペラに書かれたものなど信じなければいいと、どんなに頭で考えても、心がついていかなかった。

ふーっと息をついて一弥を見る。床《ゆか》の上に広げたマップをじっと見つめている。

ふいに目頭《めがしら》が熱くなる。

生きている。信じているといいきかせながら、最悪のことばかりを想像していた。だけど今ここにいる。手を伸《の》ばせばふれることも、抱《だ》きしめることもできる。

「おじさん」

健介はううんと咳払《せきばら》いをして顔を向けた。

「なんで、行こうっていったの？」

「へ？」

一弥の視線が、まっすぐに健介にささる。その視線を一度受け止めて、ふっと笑った。

「チャンスがあるからに決まってんだろ」

「……」

「志穂だってきっとさ、そう思わないか？」

すっと一弥が視線をそらした。

災害用《さいがいよう》ゴムボートと毛布、レインコート、食料などをトラックの荷台《にだい》に積み、丘《おか》を下った。

いったん小降りになった雨がまた激《はげ》しくなった。

がれきの浮いた海水にゴムボートを下ろし、荷物《にもつ》を分ける。

「各班《かくはん》、無理はしないでください。いいですね」

とくに、と大平《おおひら》が健介《けんすけ》を見た。

「野島《のじま》さん、川の様子はわかりませんが、おそらくかなり増水しているはずです。水かさが増していると思ったら迷《まよ》わずもどるんです。いいですね」

救助班《きゅうじょはん》は全員、ウェーダーかウェットスーツを着こみ、その上にオレンジ色のレインウェアを着用した。

行きはボートで向かえるが、帰りはできるだけ多くの人を乗せてここへもどる。そのために、救助に行くメンバーは水の中を歩いてもどることになるからだ。

大平たちのボートが最初に出発した。続いて一弥《いちや》たちがボートに乗りこんだ。二本のオールを健介と一弥が手にして水をかく。水かさの浅いところでは、オールを逆さにして、その先端《せんたん》で水の底をおすようにすると、進みがいい。

「井口《いぐち》さん？」

オールを動かしながら一弥が声をかけると、井口はハッとしたように顔を上げた。センターを出るときから、なにかちがっていた。口数が少ない、というより、いつものような軽口をまったくたたかない。ただ、握《にぎ》った右手の親指の第一関節を、何度も何度も執拗《しつよう》に唇《くちびる》にこすりつけ、視線を宙《ちゅう》に浮かせていた。

「なんか、あったんですか？」

「いや、別に。あ、それ替《か》わろっか」

オールに手を伸《の》ばして、ひきつった笑みを見せる。

「井口さん」

「なんだよ」

「なんか、井口さんらしくないから」

「……おれらしいって、どんなんだよ」

今度は一弥が口ごもった。

そうだ。自分は井口のなにを知っているんだろう。人に関心などもたないと決めたはずだ。そんな自分がなにをいっているんだろう。

だけど……。

そっと井口《いぐち》を見る。

「一弥《いちや》、手が止まってるぞ」

健介《けんすけ》の声に、一弥はあわてて腕《うで》を動かした。

雨が、濁《にご》った水の上を跳《は》ねる。水をかきながら、もう一度、一弥は口にした。

「やっぱ、へんだ」

「……」

「おれ、なんも知んないけど。井口さんのこと知んないけど、知ってるから」

健介が驚《おどろ》いたように一弥を見る。

いつも視線をそらし、なにかにおびえているように背中《せなか》を向けていたあの一弥とはちがう。子どもの頃のような、きらきらとした好奇心《こうきしん》にあふれた瞳《ひとみ》ともちがう。もっと静かで、心の奥《おく》にまっすぐに問いかけてくるような目だ。

井口が小さく笑う。

「なかったんだ」

「えっ？」

一弥が首をかしげる。

「かみさんのさ……。ホールに貼《は》ってあっただろ、避難所《ひなんじょ》別の避難者リスト」

「それは」と、健介が身を乗り出す。

「一弥の名前も、あのリストのどこにもなかった。でもこうして今ここにいる。でしょ。奥《おく》さんだって、どこかで救助《きゅうじょ》を待っているかもしれないじゃないですか」

井口は両膝《りょうひざ》の上に肘《ひじ》をのせ、一弥の足元の辺りに視線を落とした。

「あったんすよ」

「ん？」

左手を右手で包むようにして、薬指にはめられている真新しい指輪を、指先でくり返し、くり返しなでる。

「あったんすよ、同居してるおやじと、おふくろの名前は」

まるで、感情のこもらない声に一弥はぞくりとした。

「井口さん……」

「あいつの名前だけ、どこにもないんだ」

へんだろ？　と、顔を上げた井口と目が合う。涙《なみだ》などこぼれていないのに、泣いているように見える。

「運がいいんだよ、あいつは。なのに」

「生きてるよ」

健介《けんすけ》の言葉に一弥《いちや》は目をそらした。

「生きてる。絶対。おれだって、妹は生きてるって信じてる」

「おじさん！　……やめてくれよ」

しぼり出すようにつぶやいた一弥を、健介が驚《おどろ》いたように見る。

「一弥、おれは」

「そんなこと、なんでかんたんにいうんだよ。おじさんは、あれを見てないから」

あれを見ていないからいえるんだ。

生きている？　そんなことがあったら、奇跡《きせき》だ。奇跡なんだよ、おじさん。

井口《いぐち》は一度小さく息を吸《す》い、「替《か》わるよ」と、一弥が持っているオールを握《にぎ》った。

「井口さん……」

ボートがグイッと前に進んだ。

11

ボートの上から街《まち》を見ていると、一弥《いちや》はどこかちがう世界に迷《まよ》いこんでしまったような錯覚《さっかく》に襲《おそ》われた。

がれきの浮いた水の中に立っているのは、鉄筋《てっきん》コンクリートで作られたマンションやビルばかりだ。木造家屋《もくぞうかおく》は見あたらない。立っているビルも、三階近くまで鉄骨《てっこつ》がむき出しになっている。

「なんだよ、これ」

なんでこんなことになるんだよ。

悔《くや》しさとか、怒《いか》りとか、恐《おそ》れとか、そんな感情すらわいてこない。目を伏《ふ》せることもできない。ただ、なんで、どうしてと、くり返すだけだ。

「一弥、あそこもだ」

健介《けんすけ》がマンションを指さす。ベランダに黒い太い文字で「ＳＯＳ《エスオーエス》」と書かれたシーツのような大きな布が雨にぬれている。これで四カ所目だ。一弥は避難《ひなん》マップに印をつけた。

そのマンションのすぐうしろに、一軒《けん》、家が残っていた。壁《かべ》が崩《くず》れて柱《はしら》と骨組みだけに

なっている。二階の部屋の中にぶらんと電球のコードが下がっているのが見える。
だれかが暮らしてた。この家で、家の中で息をしていた。ただいまといえば、お帰りという声が帰ってくる。ごはんの炊《た》ける甘《あま》い匂《にお》いがして、台所からは茶碗《ちゃわん》を洗う音が聞こえて、電気が家中に明るく灯《とも》って。笑って、泣いて、怒《おこ》って、くだらないジョークをとばして、寝て起きて、息をして。
ずっと続くはずだったものばっかりだ。
一弥はじっと、骨組みだけになった家を見つめた。

病院に近づくと、轟々《ごうごう》と激《はげ》しい音が聞こえた。
病院の向こう側には、運河《うんが》がある。
「やばいな」
健介がそういったとき音が変わった。
ゴオオオオ！
すさまじい水音に背中《せなか》がこわばる。

「オールを中に入れろ！　つかまれ！」

健介《けんすけ》の叫《さけ》び声に、一弥《いちや》はボートのロープを手首に巻きつけた。

井口《いぐち》はオールを握《にぎ》って水をかき続けている。

「井口さん、つかまって！」

ボートが大きく揺《ゆ》れる。

ゴーッ！

グンッ！　と、ボートが持ち上がり、左右に揺れて方向を変えながら激《はげ》しく流される。

鉄骨《てっこつ》がむき出しになったビルが目の前に迫《せま》る。

井口の持つオールが鉄骨にあたり、はじかれる。

「あっ！」

オールをつかもうと身を乗り出す井口の体が、ふわりと揺れる。

「あぶない！」

健介が声を上げ、同時に一弥が井口の腰《こし》に抱きついた。

ボートが大きく揺さぶられる。

「はなせ！」

「井口さん！」

「はなせっ」

「いやだ！」

井口が一弥の手を振り払おうとする。

はなすかよ！　落ちて、水にのまれて、死のうって、そんなの冗談《じょうだん》じゃない。あんたがいったんだ、あんたが。そんなもんじゃないって、あきらめちゃいけないって。

「井口さん！」

一弥が怒鳴《どな》った。


数分後、ボートは横倒《よこだお》しになったトラックにあたって止まった。ロープにつかまり、低く伏《ふ》せるようにしていた一弥が体を起こすと、正面に家の中に船首をつっこんだ漁船《ぎょせん》があり、その向こうに白い大きな建物が見えた。

「病院だ」

一弥の声に、健介と井口が顔を上げた。

美菜《みな》たちのボートは、九時少し前に相澤《あいざわ》フレーム工業《こうぎょう》に到着《とうちゃく》した。

建物の前で笛《ふえ》を吹くと三階の窓が開き、若い女と作業服を着た中年の男が顔を出した。

ボートの上から手を振る。

「だいじょうぶですか！　井口《いぐち》さんと一弥《いちや》君から頼《たの》まれてきました」

美菜が叫《さけ》ぶと、二人のうしろからもう二人、男が顔を出し、「おー」という歓声《かんせい》を上げてボートに向かって大きく手を揺《ゆ》らした。

最初に、仙波医師《せんばいし》を背負《せお》って大平《おおひら》が建物に入った。美菜はボートに積んだ食料や防寒《ぼうかん》シート、毛布などを、水の来ていない一階の途中《とちゅう》まで運び、それを岡田《おかだ》や松永《まつなが》が三階へ運んだ。

最後の荷物《にもつ》を持って三階へ行くと、どこからか美菜を呼《よ》ぶ声がした。

そろりと振り返ると、草太《そうた》が立っていた。

「みなせんせー」

「草太くん!?」

駆《か》け出してきた草太を美菜は抱きしめた。

「よかった、よかった、よかった」

顔を上げると厚木《あつぎ》が立っていた。泣きそうにも、困《こま》ったようにも、ちょっと怒《おこ》っているようにも見える。

「草太君のおじいちゃん」

「ご心配を、おかけしました」

美菜はゆっくりと頭《かぶり》を振った。

草太は美菜が担任《たんにん》をしていたクラスの子どもだった。一ヵ月前、草太の母親は職場《しょくば》で倒《たお》れて、そのまま亡《な》くなった。心筋梗塞《しんきんこうそく》だった。

父親は一年程前に家を出て行ったきり、消息《しょうそく》がわからず、葬儀《そうぎ》にもあらわれなかった。草太は祖父《そふ》である厚木が引きとり、しばらくは保育園にも通ってきたが、しだいに登園する日が減った。数日間連絡もなく休みが続き、美菜が自宅を訪《たず》ねたときは、引っ越したあとだった。

草太と会うのは、二週間ぶりだ。

「先生、ちょっとお話しできますか」

「もちろんです」

厚木は松永に草太を頼《たの》んで、二階へ下りていった。

「せんせ」

草太《そうた》の声に美菜《みな》はにこりと笑った。

「先生、おじいちゃんとお話があるからちょっと待っててね」

そういって階段を下りた。

「すみません、こんなところで」

「いえ、ここへ来るまでに、いろいろ見てきましたから。どこもひどいです。ひどいというより、むごい」

厚木《あつぎ》は小さく何度もうなずいた。それから一度目をつぶり、美菜を見て頭を下げた。

「ご迷惑《めいわく》を、おかけしました」

「迷惑だなんて、ただ、心配していました。なにもおっしゃらずに越《こ》されたので」

「申《もう》し訳《わけ》ありません。……私は、あの子と死ぬつもりでした」

「……」

「草太の母親は、私の一人娘《むすめ》です。家内《かない》を五年前に亡《な》くして、そのうえ娘まで亡くしてしまった。もう、身内《みうち》と呼《よ》べるのは、草太しかありません。草太には私しかいない」

厚木はひと言ひと言ゆっくりと、まるで昔語りでもしているような口調で語り始めた。

「私は持病《じびょう》をもっています。それほど先は長くないでしょう。前から覚悟《かくご》はできていました。草太をひとり残してはいけない。あの子をひとりぼっちにすることはできないと思いました」

三階から、少しはしゃいだような草太の声が聞こえる。

「草太がしたいことを全部して、それから死のうと思ったのです」

美菜は口を開きかけて、息を震《ふる》わせながら言葉をのみこんだ。

「娘のアパートを引き払って、家に連れていきました。私は毎日、今日はどこへ行きたい？　なにをしたい？　なにか食べたいものはないかと聞きました。草太は、あまりあれこれいう子ではないのですが、私の問いに答え続けました。遊園地や動物園に行きたいという日もあれば、すべり台で遊びたい、砂場で大きな山とトンネルをつくりたいという日もありました。不思議なほど、母親のことはいわんのです。私も母親についてはふれませんでした。もうすぐ死ぬのに、悲しい思いをさせる必要はありませんから」

「おじいさん……」

「三日前、私の問いに、草太は初めてなにも答えませんでした。ああ、今日だと思いました。草太が恐ろしい思いをせずにすむように、苦しまずにすむように、あの子が昼寝《ひるね》をしているときに首を絞《し》めるつもりでした。でも、寝顔《ねがお》を見ていると、どうしても決心がにぶって。それで、もう少し、もう少しと。そうしているうちに、あの地震《じしん》に襲《おそ》われました。気がついたら、私は草太《そうた》の上におおいかぶさって、あの子を抱《かか》えて外に飛び出していました。死にたくない。死なせてはいけない。助けるのだと必死でした。それで、このビルに駆《か》け上がったのです」

厚木《あつぎ》の告白《こくはく》に、美菜《みな》はなにもいえなかった。

友だちに引っかかれて泣きべそをかいている草太が、だんごむしを探して丸めた小さな背中《せなか》が、「せんせー」と全身をはずませて駆《か》けてくる草太の姿《すがた》が、つぎつぎと脳裏《のうり》にうかんだ。ぽろぽろと涙《なみだ》がこぼれて、喉《のど》の奥《おく》が熱くなる。

母親を、娘《むすめ》を、失《うしな》ったのだ。もっともっと心を砕《くだ》くべきだった。寄りそうべきだった。草太に、この祖父《そふ》に。自分へのふがいなさでいっぱいになる。

よかった。

生きていてくれて。

厚木の硬《かた》く染《し》みのある手に美菜が手を重ねると、厚木は視線を足元に下げた。

「地震以来、草太は母親を呼《よ》ぶようになりました。余震《よしん》のときだけではありません。地鳴《じな》りに似た音にもおびえて、母親をくり返し呼びます。草太は、母親がもういないことはわかっていたはずなんです。なのに、まるで今は……」

「お母さんが、生きていると思っている」

厚木がうなずく。

「そうですか……。草ちゃん」

「ちゃんと、話したほうがいいのか、今はこのままがいいのか。もしかしたら、あの子はショックで記憶《きおく》がどうにかなってしまったのかとも」

美菜は手の甲《こう》で頰《ほお》の涙《なみだ》をぬぐって、厚木を見た。

「草ちゃん、わかっていると思います。わかっていても、思いたいことってありますよね。そう思うことで救《すく》われるというか、気持ちが楽になるというか。だから、今は草ちゃんをまるごと受けとめてあげていいんじゃないでしょうか」

「まるごと」

「はい。まるごと」

まるごと、まるごと受けとめる――。

厚木は何度も、口の中でくり返した。

三階では、医師の仙波《せんば》が片桐《かたぎり》を診察《しんさつ》していた。部屋の入口から、ネコを抱いた草太《そうた》がのぞきこむようにして立っている。松永《まつなが》と瑠奈《るな》が向こうの部屋に行こうというと、草太は首を横に振った。

「おじちゃん、死んじゃうの？」

「草太君」

「死んじゃったらね、お空に行くんだよ。そーたんのママもお空にいるの。お空でそーたんを見ているの。だけど、そーたんは、ママが見えないの。ママのお顔、見えないの」

松永と瑠奈が顔を見合わせ、それからどちらともなく、草太の小さな肩《かた》に手をまわした。

名を呼《よ》ばれた気がして、片桐は重いまぶたを開いた。目の前に見知らぬ老人がいる。一瞬《いっしゅん》、自分が今どこにいるのかわからなかった。

「片桐さん、わかる？　お医者さんが来てくれたのよ」

中西《なかにし》さんの声だ。医者……、ああそうか、一弥《いちや》と井口《いぐち》は無事に着いたのか。よかった、あの二人にもしもなにかあったら。そう考えると恐《おそ》ろしくてしかたがなかった。

救助《きゅうじょ》など、望《のぞ》んではいなかった。助けが来なければ、間に合わなければ、そのときは死ぬ。それでいいと思っていた。

死が怖《こわ》くないかと問われれば、怖い。でも、また理彩子《りさこ》と翔《しょう》に会えるのだと思うと、怖いことなどどこにもないようにも思った。

二人はまだおれを待っていてくれるだろうか？　いや、どこにいたって、おれはきっと捜《さが》し出す。七年ぶりだ。理彩子はなんていうだろう。「待ちくたびれちゃったよ」と、少しすねた顔をするだろうか？　それとも「早すぎるよ」と、困《こま》った顔をするだろうか？　そうしたらおれはなんていおう。

まぶたが重くなり、意識が遠のいていく。

「先生」

中西が仙波の背中《せなか》に声をかける。

仙波はそれには応えず、片桐に毛布をかけて大平《おおひら》を呼《よ》んだ。

仙波が大平に背負《せお》われて廊下《ろうか》に出ると、草太がネコを抱《かか》えて立っていた。そのうしろに、松永と瑠奈がいる。

「先生」

あとを追うように中西《なかにし》が出てくると、仙波《せんば》は大平《おおひら》に降ろしてくれといって、廊下《ろうか》の壁《かべ》にもたれるようにして座った。

「破傷風《はしょうふう》でまちがいないでしょう。通常より発症《はっしょう》が早いようですが。それから、やはり肺炎《はいえん》を併発《へいはつ》していますね」

「……」

「すぐにでも、治療《ちりょう》できる病院に運んだほうがいい」

「でも、病院なんてどこに」

松永《まつなが》の声がかすれる。

「……ボートで避難所《ひなんじょ》に移《うつ》すのは負担《ふたん》がかかりすぎます。仮に移したところで手の施《ほどこ》しようがない」

松永のとなりで、瑠奈《るな》が泣き出した。

「私の、私のせいなんです。私なんかを助けようとしたから」

「おじちゃん死んじゃうの？」

「そんなことない！」

松永の声に、草太《そうた》がびくっと肩《かた》を揺《ゆ》らし、瑠奈は顔を上げた。

「ごめん。でも、まだあきらめるのは早いでしょ。一〇パーセントでも一パーセントでも可能性《かのうせい》があるなら、あきらめちゃだめ。そうでしょ」

そのとき、部屋から岡田《おかだ》が飛び出してきた。

「ヘリだ！　ヘリが見える！」

岡田の声に、松永たちは窓辺《まどべ》へ駆《か》けより、身を乗り出した。雨粒《あまつぶ》が部屋の床《ゆか》をぬらす。

二階から、厚木《あつぎ》と美菜《みな》も上がってきた。

バラバラバラバラバラ
音が大きくなる。

「おーい！　おーい！」

「こっちよ！　助けてー」

「おーい、おーい」

松永は身を乗り出そうとする草太をしっかりと抱《かか》えながら、空を見る。

迷彩色《めいさいしょく》のヘリがまっすぐに向かってくる。

ばりばりというものすごい音に、草太が体を硬《かた》くする。

「だいじょうぶよ、怖《こわ》くないから、だいじょうぶ」

松永《まつなが》はそう何度もくり返して、草太《そうた》を抱きしめる。

ビルの上空でホバリングを始めたヘリのドアが開く。

「屋上だ！」

小野《おの》の声に、みんなが部屋を飛び出し、階段《かいだん》を駆《か》け上がった。鉄の重いドアをおし開けると、強い風にあおられ、思わず身をよじった。

雨の音が、ヘリの音にかき消される。

ヘルメットをかぶった隊員《たいいん》が、つーっと降りて来ると、わっと歓声《かんせい》が上がった。

隊員は屋上に降りると、腰《こし》に着けているハーネスからホイストケーブルを外し、腰《こし》を低くしながら駆《か》けこんで来た。

「みなさん、だいじょうぶですか。怪我人《けがにん》の救助《きゅうじょ》の要請《ようせい》を受けたのですが」

松永が「こっちです」と、階段を下りた。

階段の下で毛布の上に座っている仙波《せんば》を見て、「こちらですか」と隊員がいうと、「私は医者です」と、仙波は少し怒《おこ》ったような声を出した。松永が苦笑する。仙波は咳《せき》払いをして、「あちらに」と、指を指した。

「患者《かんじゃ》は、片桐保《かたぎりたもつ》さん、四十五歳男性。破傷風《はしょうふう》の疑《うたが》いが強く、インフルエンザから肺炎《はいえん》を併発《へいはつ》しているおそれがあります。血清《けっせい》の投与《とうよ》はできていません」

「了解《りょうかい》しました。山梨《やまなし》の総合病院《そうごうびょういん》から受け入れ許可《きょか》が出ていますので、すぐに搬送《はんそう》します」

「お願いします」

隊員は、片桐になにかひと言ふた言声をかけて、ハーネスを広げた。頭の下から背面《はいめん》ベルトをくぐらせ、肩《かた》、背中《せなか》にメインベルトがくるよう引っぱりながら調整《ちょうせい》する、股《また》の前から後ろに巻きつけ、胸元《むなもと》のベルトバックルに結合《けつごう》していく。

「あの」と、松永が声をかけると、隊員は片桐を背負《せお》いながら松永に視線を向けた。

「あの、どうして、ここへ？」

「我々は、田崎《たざき》総合病院へ救助に行ったのですが、そのときに頼《たの》まれました。彼らは避難《ひなん》所《じょ》から薬を求めて来たそうですが、これからもどっても間に合わない。ヘリで病院へ搬送してほしいと」

「野島《のじま》さんたちだわ、それ」

美菜《みな》が声を上げると、片桐が目を開いた。

松永が片桐の手を握《にぎ》る。

「もうだいじょうぶですよ。一弥《いちや》君たちも無事です」

「こっちも、食料も水も毛布も心配なくなりました。なんとかなりますから」

小野《おの》がうなずき、瑠奈《るな》が「おじさん」と笑顔を見せた。

屋上へ上がり、ハーネスにホイストケーブルを接続《せつぞく》する。

「搬送《はんそう》します」

「気をつけて！」

「お願いします」

隊員《たいいん》がうなずき、無線で合図を送る。

ケーブルが巻き始めた。


雨が頬《ほお》をたたく。

体が宙《ちゅう》に浮く。

奇妙《きみょう》な重さを感じる。風にあおられ、コマのように体がまわる。

片桐《かたぎり》は目をうっすらと開けて、顔を横に向けた。

ああっ、思わず声をもらし、息をのむ。

街《まち》がない。一面がれきの浮いた黒い水におおわれている。家も道も、人もない。あるべきものが、なにもない。

水の上に屋根だけが浮いている。倉庫《そうこ》の上に船が座礁《ざしょう》している。建物の鉄筋《てっきん》がむき出しになっている。

あるはずのないものが、あってはいけないものが、そこにある。

目を固《かた》く閉《と》じる。もう一秒だってこの光景を見たくなかった。

ひどい。ひどすぎる。想像していたより、ずっとだ。

全部、すべて、ばらばらじゃないか……。

そのとき、かすかに声が聞こえた。

「おじちゃーん」

「片桐さーん」

目を開き、わずかに体をよじる。

屋上に、みんないる。松永《まつなが》が、小野が、岡田《おかだ》が、中西《なかにし》も瑠奈もいる。厚木《あつぎ》に抱かれた草《そう》太《た》が手を振っている。

バリバリバリバリバリバリ！

ヘリコプターの音が近くなる。

おれ一人がこうして救助《きゅうじょ》されるなんて……。

もっと、自分より先に救助して欲しい人たちがいた。

されるべき人がいるはずなのに……。

バリバリバリバリバリ！

顔に打ちつける雨風が強くなる。


日が暮れる少し前に、一弥《いちや》たちは明海山《めいかいやま》公園に帰ってきた。ボートに赤ん坊をふくむ七人を乗せて、一弥たちは水の中を歩き、ボートを引っ張ってきた。田崎総合病院《たざきそうごうびょういん》からの帰りに、途中《とちゅう》で見たSOS《エスオーエス》の布がつるされているビルやマンションに立ちより、救助《きゅうじょ》してきたのだ。

それをいい出したのは一弥だった。健介《けんすけ》は驚《おどろ》きながらもうなずき、井口《いぐち》も賛同《さんどう》した。

一弥は変わった。

健介は、ボートを引いて歩く甥《おい》の背中《せなか》を見て思った。

言葉は少ないし、表情も豊かとはいえない。でも、四日前までの一弥とはちがう。

あたりまえか。うん、あたりまえかもしれない。これだけのことが起きたんだ。変わらずにいることのほうが難《むずか》しい。

母親を失《うしな》ったことで自分を責《せ》めている。傷《きず》ついている。でも、それだけじゃない。

一弥は今、生きようとしている。部屋にこもって、だれもよせつけようとせず、すべてを断《た》ち切るようにしていたあの頃よりずっと、ずっと。

ボートから赤ん坊を抱《だ》いた母親が降りようとしたとき、一弥はすっと手を差し出した。

「ありがとう」

そういわれると、すこし照《て》れたような、怒《おこ》ったような顔をして、「足元、すべるから」といった。

見せてやりたい。志穂《しほ》に今の一弥を見せてやりたい。

思わずこみあげてきた涙《なみだ》をぬぐうと、井口がトンと背中をたたいた。

「これからっす」

これから。そうだ、これからだ。

もっともっと悲しいことも、つらいことも、厳《きび》しいこともあると思う。目を伏《ふ》せ、耳をふさいでしまうことだって、きっとある。

だけど信じたい。その先には、きっと……。
顔を上げよう。しっかりと目を開いて、信じて、一歩一歩生きていくんだ。
一弥《いちや》と。
そしてとなりにいるだれかと。

12

——一ヵ月半後。

桜《さくら》が咲いた。

明海山《めいかいやま》公園の山頂にある若いソメイヨシノの下で、老人たちがお茶を飲み、そのまわりで子どもたちが歓声《かんせい》を上げて駆《か》けまわっている。

二日前から仮設住宅《かせつじゅうたく》の建設が始まった。

一弥《いちや》たちが、田崎総合病院《たざきそうごうびょういん》から帰った日の夜、自衛隊《じえいたい》の一部隊《ぶたい》が汐浦《しおうら》に到着《とうちゃく》した。翌《よく》朝《あさ》から活動が開始され、街《まち》の中に取り残された被災者《ひさいしゃ》は、つぎつぎに救出《きゅうしゅつ》されて避難所《ひなんじょ》へ送り届《とど》けられた。

地震《じしん》と津波《つなみ》による被害《ひがい》は想像《そうぞう》を超《こ》えていた。水が引いたあとの街は、まるで焼け野原のようだった。がれきが撤去《てっきょ》されると、土の上にはコンクリートの土台だけが残っていた。それが、ここに確かに家があったのだと静かに語っている。ビルやマンションも二階までは鉄骨《てっこつ》がむき出しになっている。あるはずのないところに巨大な消波《しょうは》ブロックがでんと転がっている。街路樹《がいろじゅ》の銀杏並木《いちょうなみき》も姿《すがた》を消した。

あらゆるものが流され、破壊《はかい》され、そして失《うしな》われた。


「おにーちゃん、これでいい？」

「ん？」

草太《そうた》が手を米粒《こめつぶ》だらけにして、黒目の大きな瞳《ひとみ》で一弥を見る。皿の上には、いびつな形をしたにぎりめしがひとつのっていた。くっと笑いをこらえて、オッケーオッケーという
と、草太は鼻をふくらませてくふっと笑う。

「ねー、みーちゃんのも見て！」

草太の向かい側で、米をこねくりまわしている女の子が足踏《ぶ》みをしていう。

「へー、うまいな」

「うん！　せんせー、おにいちゃんがみーちゃんうまいって！」

「よかったねー。よし、じゃあどんどんつくっちゃおう！　たけるくんも、かほちゃんも、
つぐみちゃんもがんばろう」

はーい！　という子どもたちの元気な声に、美菜《みな》と一弥の顔が同時にほころんだ。

「お待たせー！」

厨房《ちゅうぼう》から、おひつを持った松永《まつなが》が来て、テーブルの上にのっているボウルに炊《た》きたての米を分けていく。

今日は午後から、子どもたち主催《しゅさい》でお花見会を行うことになっている。ごちそうは、子どもたちがつくるにぎりめし。それに豚汁《とんじる》だ。

外では男たちが大きな鍋《なべ》をかき混《ま》ぜている。

「大きさ、ばらばらだな」

健介《けんすけ》が鍋《なべ》の中で煮《に》えている野菜を見て、あきれたようにいうと、

「え、そうっすか？　平気だよなぁ、これが男の料理っす」

と、井口《いぐち》が刻《きざ》んだネギを口に放りこんだ。

「おいおい」

健介がため息をつくと、遠藤《えんどう》がへへへっと笑う。

「オレら、キホン、食うの専門《せんもん》だから。一人もん歴《れき》の長いやつと同じレベル求めんなっての」

「遠藤君さ、その口の利《き》きかた、なんとかしたほうがいいっすよ。それじゃ、社会で通用

しないよ、マジで」

チッと舌を打って「オヤジかよ」とつぶやき、「あ、オヤジか」とにやりとする。

「オヤジはないだろ、おれまだ二十七だぜ」

「四捨五入《ししゃごにゅう》で三十」

健介が、まあまあと井口の肩《かた》をたたいた。井口が、急にまじめな顔をして健介を見た。

「そういえば、今日じゃないっすか？」

「うん」

「そっか、一弥《いちや》君は気づいてるんですか？」

「どうだろうなぁ。あいつなんにもいってなかったけど。でも、うん、きっとな」

「ですね」

井口と健介は、顔を見合わせて笑みをうかべた。

「なにニタニタやってんだよ、キモイっての」

「いや、今日さ、帰ってくるんだ」

「だれが？」

「知り合いっていうか、そうだな……」

知り合いという言葉は、遠すぎる。けれど、友だちでもなければ、仲間というのともちがう。……恩人《おんじん》。そうだ。

「大切な人」

健介《けんすけ》がいうと、井口《いぐち》がそうっすねとうなずいた。

「ふーん」

遠藤《えんどう》は鍋《なべ》に大量のネギを入れた。

仙波《せんば》の車いすをおして中西《なかにし》が外に出てきた。避難所《ひなんじょ》に来てから、中西は仙波と一緒《いっしょ》に衛生班《えいせいはん》の中心となっていそがしくしている。

岡田《おかだ》と瑠奈《るな》は、家族が避難《ひなん》している羽波《はなみ》避難所へ移り、小野《おの》は静岡県《しずおかけん》にある親戚《しんせき》の家で間借《まが》りしている。数日後には井口もここを出ていくことになっている。両親のふるさとである山梨県《やまなしけん》で住宅の提供《ていきょう》があり、両親はすでにそこに入っている。井口は、結婚したばかりの妻《つま》の行方《ゆくえ》を捜《さが》してここへ残っていたが、先週、自宅から八キロほどはなれた場所で遺《い》体《たい》で発見された。本人と確認《かくにん》できたのは、真新しい結婚指輪だった。今、その指輪は井口の胸元《むなもと》に下がっている。

松永《まつなが》は祖父《そふ》を亡《な》くしたが、両親と妹は無事だった。ここの避難所で再会し、仮設住宅《かせつじゅうたく》ができたらそこへ移ることになっている。

美菜《みな》の両親は数年前、転勤《てんきん》になって今はニューヨークで暮らしている。アパートを流された美菜を心配して、関西に住む親戚《しんせき》が来ないかといってきているようだが、美菜はそれを断《ことわ》って避難所生活を続けている。保育園の子ども二人の両親がまだ見つかっていないことと、園長や数人の保育士とで、避難所での臨時《りんじ》保育園を始めたことが大きな理由のようだ。草太《そうた》と厚木《あつぎ》は仮設住宅に優先的《ゆうせんてき》に入れることが決まり、できあがるまでの間、避難所で生活をしながら草太は臨時保育園で過ごすようになっていた。

そして、一弥《いちや》と健介は、ここでボランティアをしながら志穂《しほ》の行方を捜していた。まだ、あきらめてはいない。

健介のマンションは八階にあり、寝起きくらいならできないことはなかった。でも避難所にいることを一弥が望んだ。

あれほど人といることを嫌《きら》い、拒《こば》んでいた一弥が、見ず知らずの大勢の人と同じ場所で寝起きするだけでも信じられない思いだった。プライバシーもない。互《たが》いに気を使いながらも、どうしたって干渉《かんしょう》し、干渉される。そんな生活を続けられるとは思えなかった。でも、気がつけば、一弥はどこかでなにかの手伝いをして一日を過ごしている。最近は臨時保育園の手伝いをして、子どもたちに、「おにいちゃん」と呼《よ》ばれてなつかれている。

「おにぎりできたー」

草太《そうた》たちが建物の中から飛び出してきた。そのうしろから、保育士たちに交《ま》じって、にぎりめしののったトレーを持って一弥《いちや》が出てきた。

目が合うと、照《て》れたように目をそらす。そんな一弥を見て、ほっとする。

そんなにがんばらなくていい。がんばり過ぎなくていいんだ。思わずそういって抱きしめてやりたくなる。でも、それはしない。

一弥が決めたことを尊重《そんちょう》し、見守ってやろうと決めた。それで本当に折れそうになったときには、支えてやろうと思う。

一弥が、にぎりめしを持ってきた。

「サンキュー」

健介《けんすけ》が大きな口でぱくりとやる。

「シャケか」

「ん」

「うまいな、塩がきいてて」

「形は、悪いけど」

「食ったら同じさ」

一弥が健介を見る。

「これ、おれの一番好きな食いもん」

「シャケのにぎりめしが？」

「うん」

——おかあさん、おにぎりおいしいね
運動会に行くと、一弥は決まってそういってにぎりめしにかぶりついていた。うまそうに食べる一弥を、志穂《しほ》が笑って見ている。

そんな光景を思い出した。

「そうか、そうだな。うん、うまい」

「……おじさん、あいつらすごいな」

「ん？」

「あいつらさ、草太たち。みんな、信じてるんだ」

「信じてる？」

「うん。先生のことも、友だちのことも。おれのこともさ。それに、自分のことも」

「……」

「草太《そうた》はさ、泣いているやつがいると、じっと側《そば》に座ってるんだ」

「うん」

「じっと、ただじっと座ってる」

「うん」

「おれ、草太のかあさんのことを聞いたときさ、あいつの顔、見らんなかった。だけど、あいつらは逃《に》げないで側にいてやるんだよ」

一弥《いちや》は草太たちのほうに目をやった。


地震《じしん》が起きるまでの三ヵ月間、おれはずっと人との関係を絶ってきた。部屋にこもって、すべてを遮断《しゃだん》する。心地よかったわけじゃない。でも、そうするしかなかった。逃げるしかなかった。自分で自分の思いをコントロールできない。おさえられない。取り返しのつかないことを、いつか、もしかしたら次の瞬間《しゅんかん》してしまうかもしれない。

怖《こわ》かった。怖くてしかたがなかった。

人と関《かか》わらなければ、だれかを傷《きず》つけることも、自分が傷つくこともない。傷つけるのも、傷つくのも、怖かった。

今だって、それは変わらない。

あのとき、隠《かく》れるところも、逃げこむところも、自分を守るところも全部なくなった。傷つけたって、傷つけられたって、そこにいるしかない。居続けるしかない。それだけだった。

だけど、きっとひとりでは立っていられなかった。

「おじさん、おれさ、あいつらのためになにかしたい。あいつらがちょっとでも楽しいとかうれしいとか」

そういいながら、首をひねった。

「……笑った顔が、見たいんだ。おれが見たい」

「……うん」

「おじさん？」

「あ、いや、なんだろな、年かな、しょんべんもゆるくなったと思ったら、涙腺《るいせん》もさぁ」

「しょんべんと一緒《いっしょ》にすんなよ」

あははっと健介《けんすけ》は鼻をすすって笑い、空を見た。

薄雲《うすぐも》の間から、オレンジ色の光がこぼれる。風が吹き、桜《さくら》の花びらが空を泳ぐ。

ふと、一弥《いちや》が振り返ると、桜《さくら》の木の向こうから、男がゆっくりとした足取りで歩いてくるのが見えた。

男は一弥の姿《すがた》を見つけて立ち止まり、静かに頭を下げた。

「片桐《かたぎり》さん」

一弥の口から名前がこぼれる。


片桐が顔を上げる。

あれから、病院でずっと考えてきた。何度も、何度もくり返し考えてきた。

おれは、人のために生きる人間にはなれないのだろうか。

そう思うことは傲慢《ごうまん》なことなのだろうか？

でも、それならなんのためにおれは生きているんだ。息をし、飯《めし》を食い、クソをして。

ただそれをくり返す。そんなことになんの意味があるっていうんだ。

一生をかけて守ると、幸せにすると誓《ちか》ったはずなのに、だれより大切な二人を、守ることができなかった。

がれきの中にいた一弥を、母親を見捨てさせてまで連れ出した。

助かる命を守るためだ。恨《うら》むなら恨めばいい。おれはそれを受け止めようと思っていた。

でも、ちがってた。

おれには、一弥に恨まれているとわかっていても、一人の命を救《すく》ったというおごりがあった。恨まれることで、憎《にく》まれることで、自分の存在《そんざい》を、ここにいることを、生きていることを肯定《こうてい》しようとしていた。

あの数日間、もしかしたらおれは幸せを感じていたのかもしれない。人の死に、あまりに無情《むじょう》で悲惨《ひさん》な現実に怒《いか》りを感じていた。それはうそじゃない。でも、どこかで、気づかないふりをしながら、生きていることを実感していた。

もっともっと生きるべき人がいたはずだ。生きなくてはならない人がいたはずだ。求められ、必要とされる人がいたはずだ。

それなのに、なんでおれが。

一弥はどうしておれを助けたんだ。

くり返し、何度も考えた。

答えは見つからなかった。

たぶん、きっと、これから先も、見つからないと思う。見つかったと思っても、それが正しいのかどうか、答え合わせができるわけじゃない。だれかに都合《つごう》のいい答えだったり、自分自身をごまかすだけの答えなんて、見つけてしまわないほうがいい。

ただ、おれは生きている。

生きているということがすべてだ。

だから生きる。生きなければいけない。しっかりと、足を踏んばって。

片桐《かたぎり》は、まっすぐに一弥《いちや》に向かって歩いていった。

「ありがとう」

一弥がぴくんと肩《かた》を揺《ゆ》らした。

「片桐さん……」

「ありがとう。生きてます」

一弥の目に、涙《なみだ》があふれる。

「生きようと思います」

片桐さん……。

「おれ、」

ちゃんといわなきゃいけない。もっと早く、自分からいわなければいけなかった。ずっとそう思っていた。ずっとずっと、心の深い場所にトゲがささっていた。

健介《けんすけ》が一弥の背中《せなか》をとんとおした。

「ありがとう、ございました」

助けてくれて、ありがとうございました。

わかってました。とっくに。あのとき連れ出してくれなかったらおれは死んでた。かあさんが、それを望《のぞ》むわけがないってことも、わかってました。

けど、どうしても許せなかった。あなたを恨《うら》んで、憎《にく》んで、自分を哀《あわ》れむことで、おれはかあさんへの罪悪感《ざいあくかん》から逃《のが》れようとしていました。

おれは、弱くてずるい人間です。

だけど……。

一弥は顔を上げて、片桐を見た。

「生きます。おれも。ここで、ここから」

いとうみく

神奈川県生まれ。『糸子の体重計』(童心社) で第46回日本児童文学者協会新人賞、『空へ』(小峰書店) で第39回日本児童文芸家協会賞を受賞。全国児童文学同人誌連絡会「季節風」同人。『かあちゃん取扱説明書』(童心社)『車夫』(小峰書店)『キナコ』(PHP研究所)『おねえちゃんって、もうたいへん!』(岩崎書店)『5年2組横山雷太、児童会長に立候補します!』(そうえん社)など多数。

宍戸清孝 (ししど きよたか)

1954年宮城県仙台市生まれ。1980年に渡米、ドキュメンタリーフォトを学ぶ。2004年、日系二世を取材した『21世紀への帰還Ⅳ』で第29回伊奈信男賞、2005年宮城県芸術選奨を受賞。著書に『Japと呼ばれて』(論創社)、東日本大震災の被災地を撮影した『Home 美しき故郷よ』(プレスアート)がある。日本写真協会会員。

医事監修:後藤敦子(今村記念クリニック副院長)

アポリア―あしたの風―

2016年5月16日　第一刷発行
2017年8月2日　第三刷発行

作 ……………… いとうみく
写真 ……………… 宍戸清孝
装丁 ……………… 丸尾靖子

発行所 ……………… 株式会社童心社　http://www.doshinsha.co.jp
〒112-0011 東京都文京区千石4-6-6
電話 03-5976-4181 (代表)　03-5976-4402 (編集)

製版・印刷・製本 …… 図書印刷株式会社

ISBN978-4-494-02048-5

Publised by DOSHINSHA　Printed in Japan. NDC913/271P/18.4×13.4㎝